JACQUES II

A

SAINT-GERMAIN.

 **II.**

PARIS. — IMPRIMERIE LE NORMANT,
Rue de Seine, 8. r. s. g.

JACQUES II

A

SAINT-GERMAIN.

PAR M. CAPEFIGUE.

PARIS.

DUFÉY, LIBRAIRE, RUE DES MARAIS S. G. 17.

M DCCC XXXIII.

JACQUES II

A

SAINT-GERMAIN.

Souvenirs sanglans.

SUR tout le rivage s'amoncelaient les débris de grands navires ; et les corps sub-
mergés d'une multitude de braves matelots
venaient battre les rochers blancs de la
Hogue avec les vagues qui se brisaient en
écume.

Irlandais, Anglais, Ecossais, Français, pêle-mêle, déploraient ce grand désastre; et tant l'esprit national vivait encore, que lorsqu'un cadavre de marin venait offrir ses traits défigurés, chacun recherchait dans ces visages enflés d'eau salée, dans les cheveux épars, trempés et tombant par grandes mèches, l'origine du pauvre marin, pour le couvrir d'un peu de terre sur le rivage.

Et le capitaine Ogilvie avait perdu sa gaieté; il n'avait plus de voix pour la vieille ballade, car il reconnaissait grand nombre d'Ecossais parmi les morts.

« Triste élément que la mer et les vagues écumantes! dit-il en essuyant quelques larmes.

— C'est comme sur le Rhin, répondit le

vicomte Dundee; nous sommes habitués à mêler notre sang aux eaux.

— Sur le Rhin, nous avions au moins la victoire! et ici nous voyons en face la patrie; et toutes nos espérances sont évanouies au port.

« Pour ne plus la revoir, ma belle! pour ne plus la revoir! »

ajouta-t-il d'une voix émue.

— Je vous l'avais bien dit, ne nous fions jamais aux soldats de France, s'écria un vieil Écossais.

— Et encore moins à leurs marins, répondit en lui frappant sur l'épaule une main blanche et belle, relevée par une améthyste presque épiscopale. »

Le soldat se retourna, et reconnut Jacques II qui traversait les rangs et parlait avec familiarité à tous ces nobles gentilshommes.

Le roi s'avançait à pas précipités vers un groupe d'Anglais que M. de Tourville avait déposé sur le rivage. Dans une catastrophe on peut faire des prisonniers, témoins importuns comme pour compter les pertes qu'on a éprouvées et humilier les vaincus.

Ces prisonniers étaient calmes, fiers même, et ils jetaient de temps à autre un regard puissant et expressif sur le rivage, comme pour dire : « Albion a la victoire! »

Le roi Jacques s'approchait des officiers

anglais, cherchant à se faire connaître, salué par quelques uns, inconnu à presque tous les autres; il s'efforçait de gagner la bienveillance de tous, en parlant de la patrie dans la langue de la patrie!

Et parmi les midshipmen, un jeune homme sortit des rangs.

Le roi le regarda avec sollicitude, et ces beaux traits ne lui étaient pas inconnus.

Le jeune homme était animé d'une rougeur d'indignation; on aurait dit que des larmes de sang coulaient de ses yeux. Il porta la main sur les trois couronnes d'Angleterre couvertes d'un crêpe.

« Vengeance du Ciel! s'écria-t-il; roi Jacques! vois-tu tes navires, tes espérances écrasées avec le pavillon ennemi! »

Et Jacques reculant de quelque pas resta muet.

« Vengeance, Jacques Stuart, pour les juge-mens de Jeffries! vengeance pour les bar-baries de Kirke ton ami et ton complice! vengeance contre le bourreau du duc de Montmouth! »

Le roi porta les mains à ses yeux, comme pour se dérober à la vue de tous.

« Te souviens-tu de Montmouth, lors-que, roulant à tes pieds, il implora ta clé-mence? Il était de ton sang; ton frère te l'avait recommandé au lit de mort! Eh bien! qu'en as-tu fait? Tu l'as livré à l'é-

chafaud; et toi, barbare jusqu'à la fin, le
jour de son supplice, tu demandais à déjeuner à sa femme et à ses enfans !

« Parmi ces enfans, il en était un; il avait
six ans alors, et tout son être bouillonnait
pour se venger de toi.

« Ce fils je le suis !... Tu vois devant tes
yeux le jeune duc de Montmouth, l'enfant
de deuil, heureux de voir aujourd'hui le
pavillon anglais victorieux te condamner à
un éternel exil ! Tête funèbre de mon père,
couronne-toi de lauriers; ta devise était *tout
pour la pays*, et le pays vient d'envelopper
dans le drapeau de France, vaincu, le roi
qui assouvit ses terreurs et son fanatisme
jusque sur sa race ! Noble Arabella Russell, dame de mon amour, seras-tu contente
de moi ! »

Et il se fit parmi les prisonniers anglais un houra universel :

« Vengeance pour l'échafaud de Montmouth! vengeance pour le brave et noble enfant de deuil! »

Marly.

« Je vous l'avais bien dit, Sire, notre famille n'est pas heureuse ! »

Ainsi s'exprimait le roi Jacques sur l'un
de ces petits coteaux de Marly, parfumé par

les bosquets de roses et les belles îles de la Seine. Louis xiv paraissait soucieux; il frappait le sol de sa canne à pomme d'ivoire, et coupait quelques lauriers qui embarrassaient sa marche, et s'élevaient orgueilleux devant ses pas.

« L'esprit des gentilshommes s'opposera donc toujours à nos succès, disait-il à M. de Barbezieux, qui suivait à quelques pas derrière Sa Majesté; un coup de tête de Tourville, une folie de chevalier errant vient de faire échouer notre expédition d'Angleterre *.

— Avec la permission du roi de la Grande-

* Il était dans l'habitude de Louis xiv, comme dans tous les souverains heureux et puissans, de blâmer les entreprises malheureuses, alors même qu'il les avait ordonnées; c'est ce qui arriva après la bataille de la Hogue. L'ordre avait été expédié à M. de Tourville d'attaquer à tout prix.

Bretagne, répondit M. de Barbezieux, je ferai observer que Votre Majesté fait des efforts inutiles et des dépenses immenses pour un but qui n'est pas prêt encore à se réaliser; les agens du roi d'Angleterre le trompent sur l'état des esprits, et je ne crois pas que l'expédition de M. de Tourville eût jamais réussi, alors même que l'escadre de Brest eût vaincu à la Hogue.

— Quatorze mille hommes jetés de l'autre côté du détroit, répliqua avec émotion le roi Jacques, et ma déclaration, je répondais du succès, et Sa Majesté le roi de France aurait restauré son fidèle allié. Plût au Ciel que M. de Tourville eût écouté mes conseils! plût au Ciel qu'au lieu de s'attacher à l'escadre de l'amiral Russell, il eût protégé un débarquement que mes fidèles sujets attendaient avec tant d'impatience de l'autre côté du détroit!

—Votre Majesté a l'esprit trop facile, continua M. de Barbezieux; elle se laisse tromper par une multitude d'intrigans qui lui apportent des espérances pour des réalités, et leurs folies pour des espérances! »

Louis XIV, qui paraissait plongé dans une profonde rêverie, se réveilla tout à coup :

« Je ne souffrirai pas, M. de Barbezieux, que mes ministres adressent les moindres paroles irrespectueuses à mon frère et allié le roi de la Grande-Bretagne. »

Il tendit la main à Jacques, et le fit asseoir à ses côtés auprès d'une charmille.

« Toute la faute est à Tourville, continua le roi ; attaquer avec quarante vaisseaux les deux flottes réunies d'Angleterre et de Hol-

lande, fortes de plus de soixante vaisseaux de haut-bord! Le mal est grand;
j'ai mandé Pontchartrain pour me le dire
tout entier : j'aime à savoir la vérité sur
mes affaires. »

A ce moment, en effet, M. de Pontchartrain se fit annoncer; son visage semblait
témoigner des expressions de sa douleur.

« Pontchartrain, nos pertes sont grandes,
sont-elles tout-à-fait irréparables?

— Vingt-sept vaisseaux de haut-bord, Sire;
douze échoués, quatre ont sombré et onze
ont été pris.

— Les douze vaisseaux que j'ai vus échouer
sous mes yeux, dit le roi Jacques, auraient
pu échapper à ce malheur, et mes braves ma-

rins anglais n'auraient pas commis une telle faute ! »

Louis XIV, qui avait le haut sentiment de la dignité du malheur, ne releva pas cette petite vanité nationale ; il continua à s'entretenir avec M. de Pontchartrain.

« Mon intention, Pontchartrain, est qu'on arme un nombre égal de vaisseaux ; je vais donner des ordres pour qu'on fasse les fonds nécessaires ; je veux que nous reprenions la mer au plus tôt : l'escadre de Toulon est-elle en sûreté ?

— Je suis sans nouvelles, Sire. »

Et Louis XIV se mit à réfléchir profondément.

« Votre Majesté me permettra de lui faire remarquer, répliqua M. de Barbezieux, que nous aurons cette année des armées à porter sur le Rhin et dans les Pays-Bas. Tout projet de débarquement en Angleterre ne pourrait qu'agrandir nos dépenses sans multiplier les élémens de succès.

— Je ne partage pas l'opinion de M. de Barbezieux, répliqua M. de Pontchartrain; une expédition en Angleterre ferait une heureuse diversion à tous nos autres mouvemens militaires. D'ailleurs les rapports disent que les projets du roi Jacques seraient secondés par les Anglais eux-mêmes! n'a-t-on pas la parole des lords Sunderland et Churchill?

— Et qui la tiendront comme sir John Russell, répondit M. de Barbezieux, et tant d'autres qui ont entraîné Sa Majesté le roi Jacques dans de folles entreprises. N'ont-ils pas récemment compromis le duc de Berwick? et ce prince est aujourd'hui victime des faiseurs de projets en Angleterre et des entrepreneurs de conspirations.

— Je ferai remarquer à M. de Barbezieux, reprit le roi Jacques avec une douceur toute chrétienne, qu'il ne faut pas accuser les hommes de mon malheur, mais la Providence! Mes fidèles sujets d'Angleterre m'ont donné de touchantes preuves de dévouement, et je dois à ma déclaration de leur avoir parfaitement fait connaître mes intentions royales. Je suis sûr de la loyauté de mes sujets, et ce n'est point chimère d'y compter; en défendant mes droits, Sa Majesté le roi de France défend les siens également : une couronne couverte d'un voile

n'en est pas moins une couronne légitime; le malheur ne la change pas!

— Votre Majesté parle un digne langage,
dit avec chaleur Louis xiv en se jetant dans
les bras du roi Jacques; je vous ordonne,
Barbezieux, de vous exprimer avec plus
de ménagemens sur une cause que je fais
mienne; Pontchartrain sait mes intentions,
il doit réparer au plus tôt les désastres de
Tourville. »

Puis prenant à part M. de Barbezieux,
Louis xiv ajouta d'un ton de noblesse et
de dignité :

« Barbezieux, vous ne comprenez point la
haute pensée qui préside aux secours que
je prête au roi Jacques. Vous n'y aper-
cevez peut-être qu'une pitié vulgaire, qu'un

sentiment excité dans mon cœur par cette
grandeur royale déchue; j'aime le roi Jacques sans doute; je prends à pitié ses nombreuses infortunes; mais ma providence
vient de plus haut : qu'est-ce que la cause
du roi Jacques? celle de la couronne contre
le parlement; du droit royal contre le droit
populaire. Vous savez, Barbezieux, quels
ont été les troubles de ma minorité; ce
qui s'est accompli en Angleterre, le parlement et ma noblesse l'avaient tenté en
France; la fermeté de Richelieu n'a pas
permis aux factieux de saisir le pouvoir;
ils ont été plus heureux à Londres. Il me
faut donc tuer le principe, si je ne veux
que le principe me tue; les rois doivent
avoir devant les yeux leur postérité; ils ne
portent que passagèrement une couronne
éternelle dans leur race; M. de Barbezieux, si
les trônes s'écroulent aussi facilement, qui

répondra du mien ? Nous sommes en face
d'un temps où les rois ont besoin de
porter sans cesse la main sur la garde de
leur épée. Si le prince d'Orange triomphe,
si sa couronne s'affermit, attendez-vous à
une résistance de nos parlemens, si ce n'est
à mon égard, au moins envers mes successeurs. J'ai posé en France le principe que
le peuple c'était moi ; en Angleterre la
souveraineté a été décernée par le parlement ; je ne puis souffrir que ce principe
s'affermisse, et voici la cause de mes per-
sévérans efforts pour le roi Jacques. Ensuite,
quels sont les hommes qui combattent en
Angleterre de concert avec le prince d'O-
range? Des réfugiés français, des religion-
naires, qui emportent avec eux la haine de
la France et de ma couronne. En atta-
quant le prince d'Orange, je les poursuis eux-
mêmes ; je mets fin aux folles tentatives et

aux projets des réfugiés protestans. Je frappe au cœur les séditieux. »

M. de Barbezieux salua son maître d'une profonde révérence; il avait compris la pensée du roi ; il était lui-même trop despote de caractère pour ne pas approuver les desseins de Louis xiv.

Et Jacques avait pris congé du roi de France pour donner quelques ordres à M. L'loyd qui partait pour l'Angleterre.

Ce pauvre M. L'loyd était alors désespéré; non seulement il avait vu toutes ses illusions déçues par le fatal résultat de la bataille de la Hogue; mais encore il n'avait trouvé dans le conseil du roi Jacques qu'intrigues et divisions, comme au jour des prospérités. On se partageait en quelque sorte

les dépouilles d'un mort. Il y avait encore à Saint-Germain des intrigues de jésuites et de maîtresses, les concordans et les non
concordans, les protestans et les catholiques;
triste plaie des dynasties exilées! Au milieu
de ces dissensions, M. L'loyd n'avait plus
d'espoir qu'en ses menées d'Angleterre et
dans les tentatives du duc de Berwick!

Délire.

———

Le jeune duc de Montmouth était resté
parmi les prisonniers, sur le rivage, entouré
de tous ces hommes de mer qui respectaient
sa glorieuse douleur, lorsqu'un ordre signé
de M. de Pontchartrain vint lui rendre la
liberté. Le roi Jacques avait voulu faire

quelque chose pour cette triste famille d'or-
phelins qui lui jetait sanglant le souvenir
d'un échafaud.

Montmouth quitta la France, et sa première pensée fut de revoir ce manoir de
Russell, où respirait la noble dame de son
culte chevaleresque. Tout y était triste, et
les grandes allées, jaunies par les vents d'automne, couvertes de mousse et d'herbes sau-
vages, indiquaient la solitude.

Le beau page Arundel et la petite Betzy
elle-même avaient perdu leur gaieté d'enfans et leurs jeux folâtres. A peine le dernier succès de l'amiral avait-il retenti dans
la demeure de ses ancêtres :

« Oh! que Milady est changée, Milord !
s'écria Betzy; plus de fêtes ici, toujours des

larmes, et si son service auprès de la reine
Marie ne l'appelait quelquefois à la cour, Milady n'aurait d'autre distraction que d'aller
s'asseoir sur le lit de feuilles mortes, là-
bas dans le parc où vinrent ces mystérieux
étrangers qui depuis ont quitté cette demeure.

— Il faut vous dire, Milord, reprit Arundel, que le bruit est dans le comté que
Milady n'a plus toute sa raison; et ne l'ai-
je pas vue un soir tout échevelée parcourir
le parc, demi-nue, et maudire le nom de
James Stuart !

— James Stuart le proscrit! »

Montmouth, trop jeune encore pour comprendre ce grand ravage des passions, attri-
buait cette douleur à quelques chagrins de

famille inconnus, et qui font un lugubre
contraste avec ces joies extérieures et offi-
cielles des grandes maisons. Il se livrait à
mille conjectures, lorsqu'il vit s'avancer d'un
pas lent, puis précipité, Arabella Russell,
seule, les regards absorbés sur une de ces
feuilles publiques si répandues dans les
comtés d'Angleterre.

Ce n'était plus cette femme jeune et co-
quette, brillante d'attraits, telle qu'elle avait
paru dans le salon de la douairière de Shrewsbury; une maigreur de mort desséchait ses
traits; ses yeux, rouges de longs pleurs,
d'insomnies cruelles, avaient je ne sais quoi
de fixe et de terne, mélange d'égarement et
de douleurs.

Quand elle aperçut Montmouth elle courut à lui, et ne lui dit que ces mots :

« Je souffre !

— Vous souffrez, Milady », répondit l'or-
phelin ; et il jeta les yeux sur le journal où
on lisait en gros caractères :

« On a des nouvelles de James, duc de
« Berwick ; on sait maintenant qu'il a fui
« avec une aventurière, du nom d'Anna
« Perkins, sa maîtresse. On les croit au pou-
« voir des puritains. »

— Vous l'entendez, Billy, une aventurière
suit James Berwick !

— Rien d'étonnant, Milady, c'est de race ;
quand Charles ii, sous le protectorat de
Cromwel, parcourut l'Angleterre, n'enleva-
t-il pas mistriss Lee ?

— Aimait-il au moins cette jeune Mistriss, et n'en trompait-il pas une autre !

— Les Stuarts se firent toujours un jeu de leur amour pour les femmes.

— Oui, s'ils furent perfides, c'est qu'ils ne trouvèrent personne pour se venger, dit Arabella d'une voix retentissante ; quand on est chaude encore des baisers d'un homme, on sait bien trouver son cœur pour le déchirer de sa main.

— Une aventurière ne mérite pas la vengeance ; et l'on voyait dans les regards inquiets de Montmouth la crainte d'apprendre ce que le pauvre enfant commençait à entrevoir.

— Une aventurière qui vous enlève votre âme, votre vie ! Billy, vous ne savez pas ce que c'est d'avoir reçu des baisers qu'on entend retentir sur une autre bouche ; d'avoir pressé des lèvres qu'on voit sur d'autres lèvres ; alors plus de frein, plus de pitié ; on descend à tous les rôles, on prie, on pleure ; et de la douleur on passe à la vengeance avec délices !

« Tiens, dit-elle à Billy avec des yeux de délire, on peut en venir à ce point de trouver plaisir à voir un échafaud se dresser, des têtes rouler dans le sang ; et pourtant on était née bonne, compatissante ; on respectait le malheur ; on eût couvert de sa vie la vie de son semblable ; on n'était pas indigne de la grandeur de sa race ; on eût rougi du titre de dénonciatrice.

« Mais vois-tu, Billy, tout cela change avec la douleur d'une femme aimante et

trompée ; trompée en quelques instans ;
flétrie par l'adultère, par l'amour et les
baisers d'un infâme. »

Et Arabella s'éloigna à pas précipités, lais-
sant le jeune Montmouth tout préoccupé de
ce qu'il venait d'entendre ; et le petit page
Arundel s'approcha de lui.

« N'est-ce pas, Milord, qu'elle n'a plus sa
raison quand elle parle de James Stuart le
proscrit ? »

Le Cavalier et le Puritain.

———

IL y a des rêves affreux! Je me suis cru quelquefois dans une forêt bien noire, et oppressé par cette odeur de souterrain qui retombe comme un vent du désert sur les poumons fatigués. J'y voyais de ces êtres

fantastiques qui vous environnent et vous
tourmentent de leur conversation sans suite,
de leur sourire vague; de ces myriades de figures bizarres, chimère à mille formes ; ara-
besque de mort que l'imagination multiplie
comme un kaleïdoscope, auquel on aurait
ajusté des têtes de scorpions, au lieu de fleurs
aux couleurs brillantes.

Telles étaient les images qui se pressaient
dans la pensée du duc de Berwick durant les
premières heures de son séjour au milieu du
souterrain où l'avait conduit Tom le républicain, et surtout après la scène extraordinaire du club de la *Tête de Veau*.

Miss Anna paraissait dormir d'un sommeil
profond sur un lit de nattes jeté par terre; le
duc de Berwick avait vainement cherché le
repos ; les événemens dont il avait été l'ac-

teur, la fatalité qui semblait le poursuivre fatiguaient sa tête appesantie et qu'il avait comme besoin de soutenir de ses deux mains; il considérait ces grandes ombres qui l'environnaient, ces ruines, monumens aussi des guerres civiles. De la pointe de son épée il remuait quelques trophées d'armes; il regrattait des débris de blasons, et cherchait à retrouver les races de chevalerie qui avaient passé. Que de réflexions agitaient le duc de Berwick! il n'avait pas une grande portée d'esprit, mais les rapprochemens étaient trop faciles entre les souvenirs des âges dont ce monument était les débris et la situation présente de l'Angleterre! il voyait encore des rois décapités, des princes fugitifs, des combats sanglans, des races proscrites. Au milieu de tout ce cortége de grandes douleurs, et comme une image menaçante, la triste Arabella Russell !

Il fut tiré de ses méditations par un bruit qui se fit entendre : c'était une conversation animée, des pas assez rapprochés pour faire juger que plusieurs personnes se dirigeaient de son côté : le premier mouvement du duc de Berwick fut de saisir ses armes et d'éveiller miss Perkins.

« Miss Anna ! on vient à nous. »

La pauvre fille se jeta à la hâte de son lit à terre, et se plaça tout à côté du duc de Berwick.

On continuait à se disputer ; la voix de Tom paraissait dominer toutes les autres :

« Ma foi, mon cher cavalier, disait le républicain, tu l'as échappé belle ! sans nous, tu serais la pâture des corbeaux ; ce qui ne laisse pas d'être déplaisant, même quand on meurt pour son roi légitime.

— Ma foi, cela est vrai, répondit une voix qui n'était pas inconnue au duc de Berwick ; mais ce qui m'étonne le plus en ceci, c'est de devoir la vie à une espèce de requin comme toi !

— Avoue que ceci nous encourage à vous faire du bien, répliqua Tom ; nous vous sauvons de la potence, et c'est pour vous donner la force et le loisir, si votre restauration arrivait, de nous pendre avec vos cordes légitimes, qui certes serrent le cou tout aussi bien que celles de l'usurpateur. Patience ! ce qu'il nous faut d'abord, c'est de nous débarrasser du pouvoir qui nous opprime, c'est-à-dire du prince d'Orange, et nous sauverions le diable, s'il nous promettait de conduire tous ces Hollandais en enfer.

— Trève donc pour le moment, dit le cavalier, sauf à nous battre encore si nos saints Stuarts triomphent ou si la république arrive avec son croupion de parlement et vos sales prédicateurs des mille années promises.

— Tu parles de tes saints Stuarts. J'en ai peut-être plus d'un dans ces niches ; regarde là-bas », dit Tom en ouvrant la porte et en mettant sa lanterne aux pieds du duc de Berwick.

« Vous ici, Milord ! s'écria Barclay.

— Quoi ! sir Georges ! »

Et les cavaliers s'embrassèrent avec loyauté ;

on a beau dire, rien ne rapproche plus les hommes qu'une conformité d'opinions politiques, et royalistes on n'aime à trinquer le verre qu'avec des royalistes; les moralistes n'en sont pas encore venus à une fusion de couleurs et de toasts.

Et Tom prit la parole :

« James Stuart, j'ai bien d'autres choses à t'annoncer : tiens, lis ce papier. »

Et le duc de Berwick le lut avec étonnement.

« La princesse Anne désirerait secrète-
« ment s'entretenir avec le duc de Ber-
« wick; le duc n'aura rien à redouter, il
« peut se confier à la prudence de Tom le
Machabée. »

« Eh bien ! dit Tom, tu vois que les puissances s'abaissent et que les républicains ne sont pas tout-à-fait en disgrâce.

— Et comment te rends-tu l'esclave d'une princesse, vieux diable que tu es ? répondit avec un sourire ironique sir Georges.

—Vois-tu , ajouta Tom , la princesse Anne est un instrument ; ce ne serait pas la première fois que Dieu se serait servi d'une femme pour sauver son peuple ; lis plutôt le Saint-Testament. La princesse Anne aime l'Eglise ; elle nous protége secrètement ; elle est initiée par Devonshire à quelques uns de nos secrets ; je me garde bien de les lui confier tous ; car je me méfie de cette race de princes jetée sur la terre pour corrompre les peuples ; elle sait que tu es parmi nous, James Stuart ; elle a désiré te voir.

— Eh bien, j'irai, répondit avec fermeté le duc de Berwick.

— Vous irez, Milord? s'écria d'une voix altérée miss Anna, vous irez? et ne craignez-vous pas mille embûches, la trahison !

— Mon parti est pris; je ne crois pas à une action si noire : la princesse Anne a mêlé les jeux de son enfance aux miens; sa position a pu lui faire trahir ses devoirs envers son père; elle ne descendra pas jusqu'à ce point de lâcheté et de bassesse de me livrer au bourreau ! Qu'ai-je à craindre, d'ailleurs? il est des situations où l'on a besoin de jeter sa vie à la tête de ses ennemis pour en finir avec l'incertitude et la destinée.

— Tu parles merveilleusement, reprit Tom; des chevaux sont préparés pour toi,

Barclay et ton jeune compagnon; nous par-
tirons ce soir à sept heures pour être à Hyde-
Parck de minuit à une heure; c'est l'instant
choisi pour l'entrevue; confions-nous à la
garde de Jehova; il protége l'homme qui
montre du courage et de la résolution. »

Tom en disant ces paroles distribuait à
chacun de ses nouveaux compagnons un
manteau brun, des chapeaux à larges bords,
une longue rapière, et tout en se revê-
tissant de ce costume tant soit peu puritain, sir Georges Barclay murmurait tout
bas :

« Ma foi, vilain croupion, il faut que nous
soyons bien déchus pour être forcés de nous
couvrir de tes habits de têtes rondes! »

L'heure était arrivée; nos quatre compa-

gnons montèrent à cheval et se mirent en
route. Le temps était magnifique; la lune
brillait de tout son éclat à travers la forêt
séculaire qui avait vu tant de guerres civiles.
Tom coupait les longueurs de la route par
quelques chants de la vieille république qu'il
aimait à réciter; sir Georges était tenté mille
fois de lui casser sa rapière sur les épaules,
afin d'enseigner à cette tête ronde qu'il ne
fallait pas ainsi insulter aux royalistes; mais
la présence du duc de Berwick, le danger
auquel il était exposé arrêtèrent les malédictions de son âme, et il répondit au républicain par quelques unes des chansons en
vogue parmi les cavaliers au temps des longues plumes de coq et des bonnes fortunes
de Charles ii.

Enfin on aperçut la muraille d'Hyde-
Parck.

« Garde à nous, dit Tom, faisons un moment de halte ; j'attends ici un officier et deux de mes gens qui doivent nous conduire par la porte derrière la grande charmille ; le commandant a reçu l'ordre de ne pas poser de sentinelles ; nous pourrons être introduits sans éveiller les soupçons de la garde hollandaise. »

L'officier arriva quelques instans après avec deux guides qui prirent les chevaux par la bride, et les quatre voyageurs entrèrent à pied dans les vastes jardins de Hyde-Parck. Quelques domestiques veillaient encore ; Tom leur fit des signes d'intelligence, et le duc de Berwick et ses compagnons purent traverser une longue suite d'appartemens. Dans le dernier de ces salons se trouvait la princesse Anne, et à ses côtés lord Churchill, tous deux assis presque familièrement sur de larges fauteuils revêtus des vieilles armes d'Angleterre.

Lorsque le duc de Berwick entra dans la pièce où se trouvaient la princesse Anne et lord Churchill, tous deux se levèrent; la princesse Anne s'avança au-devant du duc et l'embrassa avec une vive affection; Churchill lui serra la main avec force et sincérité:

« Je salue votre bonne venue, Milord, ou mon neveu, si vous le préférez, car je n'ai pas renié ma lignée *.

— Que je suis heureuse de vous retrouver,

---

* Le duc de Berwick était fils naturel de Milady Churchill, sœur de Marlborough.

vous qui fûtes le compagnon de mon enfance,
ajouta la princesse Anne, vous que j'aimais à
nommer mon frère! Que fait le roi mon père?
sa santé s'est-elle affaiblie? et la reine*! »

Et des larmes coulèrent de ses yeux :

« Non, cela ne peut durer, Marlborough!
il faut que James voie le roi et ma sœur. »

Ces paroles partaient si profondément du
cœur, que le duc de Berwick en était tout
ému; il serrait les mains de la princesse.

« Dynastie infortunée! malheureux pays! »
s'écriait lord Churchill : « Au reste, tout peut
se finir si Russell a tenu parole !

* Anne et Marie n'étaient pas filles de Marie d'Est, mais
d'Anne Hyde, femme d'un premier lit.

11.

— Madame, dit le duc de Berwick en reprenant la froideur de son caractère, le roi souffre moins d'avoir perdu un trône que de l'idée qu'il n'a plus l'affection de ses enfans; il ne parle de ses filles que les larmes aux yeux; tant de calomnies ont été jetées sur sa couronne !

— Duc de Berwick ! je ne règne pas; mais si j'avais le sceptre que portent ma sœur et mon beau-frère, je tirerais une punition éclatante des calomnies et des calomniateurs.

— Pauvre homme que le prince d'Orange ! dit Churchill; ingrat pour tous et envers les meilleurs Anglais; tout pour Bentinck, ses favoris et la Hollande.

— Eh ! Madame, n'avez-vous pas assez d'in-

fluence pour rendre le droit à qui il est dû?
les lois antiques n'appellent-elles pas le
prince de Galles? Je m'explique ici franche-
ment devant le duc de Marlborough; je connais son attachement à notre cause : eh bien,
Madame, l'Angleterre et vous ne serez tran-
quilles qu'avec une restauration.

— James, vous vous êtes ouvert à moi, je
vous répondrai avec franchise. Cette restauration que vous appelez de vos vœux, j'y
songe; la grande difficulté pour la préparer
ne consiste pas dans des obstacles politiques
en Angleterre; je répondrais des lords et des
communes; mais l'Eglise! duc de Berwick;
les intérêts de la religion! voilà ce qui me
paraît l'obstacle le plus grand; obstacle légitime, car il s'agit de Dieu et de ses ministres!
ma pensée est toute pour l'Eglise anglicane. J'ai consulté tous les théologiens; la

restauration de mon père entraînerait la do-
mination du papisme; nous ne voulons pas
la subir! Faites donc réfléchir le roi sur sa
position; je ne dis pas que du vivant du
prince d'Orange et de ma sœur il y ait des
chances pour une restauration; ils tiennent
la couronne et ils la gardent; après eux, et
le duc de Marlborough sait toute ma pensée,
mon plus grand désir est de remettre ce dépôt à qui il appartient; mais il faut du roi un
grand sacrifice, il faut qu'il fasse élever le
prince de Galles dans la religion anglicane.

— A qui le dépôt appartient, dit Tom
impatienté, à la sainte république d'Angleterre, à la Sion céleste!

— Cette condition, Milord, ajouta lord
Churchill, vaudrait mieux qu'une armée;
je l'ai dit à L'loyd, que le roi fasse pendre

six à sept jésuites en débarquant, et je réponds de l'Angleterre! Ce serait préférable à
ces mille déclarations maladroitement rédi-
gées et que le roi Jacques nous envoie ici
chaque mois; ce sont des amnisties, des
pardons, et jamais une manifestation sin-
cère et haute des intentions de la couronne.

— Comme si un peuple devait jamais
s'humilier, recevoir des amnisties et des
pardons de roi!» ajouta Tom avec fierté.

Le Machabée de la tête de veau, retiré
dans un coin de la salle, jetait un regard de
mépris sur tout ce qui l'entourait; il semblait
dire : «Marlborough est un adultère, Anne
une débauchée, et Berwick bâtard d'un
tyran, triumvirat de crimes aux yeux de
Jéhova. »

Le duc de Berwick réfléchissait avec attention sur tout ce qu'il entendait ; il n'était pas dévoué au papisme, comme son père ; mais il sentait l'impossibilité d'obtenir du roi et de la reine, à Saint-Germain, qu'ils fissent élever le prince de Galles dans les maximes de la religion anglicane.

« Il est important, James, continua la princesse Anne, que vous voyiez le roi Guillaume ; je viens de lui écrire pour lui demander un sauf-conduit pour vous et vos amis. Demain Guillaume vous entendra ; songez que de cette entrevue dépend peut-être le sort de la restauration ; demeurez dans ce palais, vous y serez plus à l'abri que dans le club de Tom.

— Est-on jamais tranquille, répliqua le puritain, dans les mains royales et à côté de cette cour infectée de traîtres et de courtisans ! »

Marlborough fit un signe négatif à la princesse, et continua :

« Que pourra faire le prince d'Orange pour la restauration, engagé comme il l'est avec la Hollande? Qui ne sait que Guillaume est un ambitieux, un homme qui calcule froidement ses intérêts et son avenir? aucun sentiment du cœur, point d'entraînement pour les nobles choses; digne époux de Marie, la plus ingrate des filles. Berwick, dites au roi Jacques qu'il ne peut arriver qu'avec les wighs et la liberté : je réponds de tout s'il s'engage foi de chrétien, car pour sa foi de prince, j'ai quelque raison de me méfier de lui.

— Les wighs sont bien exigeans, Milord.

— On peut l'être quand on donne une couronne.

— On peut trafiquer d'une couronne, mais le peuple ne se vend pas, s'écria Tom.

— Je persiste dans mon idée, reprit la princesse Anne. Rien n'empêche que l'accommodement se fasse par les wighs. En tous ces cas, une conversation avec Guillaume peut être utile : je lui écris ! »

L'Entrevue.

« Voici un bien singulier message, Sunderland! dit le roi Guillaume, le visage en-
flammé de colère.

— Et de quoi s'agit-il, Sire ?

—Impossible! continua le roi sans prêter la moindre attention à la question de lord Sunderland; donner un sauf-conduit, à qui? au duc de Berwick! au bâtard de Jacques! l'homme qui naguère a voulu m'assassiner de compagnie avec une troupe d'aventuriers; et qui demande cette faveur? la princesse Anne! qui peut la pousser à cette démarche? Marlborough, sans doute. »

Lord Sunderland écoutait sans interrompre; et il étudiait toutes ces passions pour saisir le côté favorable et répondre à ces idées impétueuses qui s'entre-choquaient.

« En effet, Sire, la démarche est un peu hardie; mais, en tous les cas, la réponse dépend de vous.

— Eh bien, écrivez à la princesse Anne

que James Stuart est dûment condamné par
les légitimes tribunaux d'Angleterre, et qu'il
n'est permis à aucun sujet anglais de lui donner asile.

— C'est votre dernier mot, Sire? »

Et Guillaume laissa échapper une de ces
affirmations faibles et timides qu'un homme
habile sait deviner.

« Plus je réfléchis, Sire, plus il me paraît
qu'une entrevue secrète avec le duc de Berwick ne peut avoir que de bons résultats; il
est toujours utile d'interroger un ennemi en
face. Que pouvez-vous craindre? le duc de
Berwick est presque captif et désarmé; il
peut nous indiquer les projets des partisans
du roi Jacques : un geste, un regard sont
bons à recueillir.

— Et si l'on vient à savoir cette entrevue, Sunderland, me répondrez-vous des lords et des communes? comment vous-même, secrétaire d'Etat, couvrirez-vous votre responsabilité?

— Je la subirai volontiers par la conviction d'être utile au service de Votre Majesté. »

Lord Sunderland avait besoin pour diriger sa conduite politique d'étudier profondément les idées et la situation de Jacques II; et il croyait que rien ne lui révèlerait plus cette situation et les caractères des deux partis qu'une conversation intime entre le roi Guillaume et le duc de Berwick.

« Et comment cette entrevue pourra-t-elle se tenir secrète? continua le roi.

— Cinq personnes seulement devront la connaître : Votre Majesté, la reine, la princesse Anne, le duc de Berwick et moi ; le jeune Stuart n'est connu de personne à votre cour ; les deux dames d'honneur de la reine, et qui, selon l'étiquette, ne doivent jamais la quitter, sont trop jeunes pour avoir vu les grands jours de Jacques II ; que craindre dès lors ?

— Vous m'en répondez, Sunderland ? »

Et le ministre fit un signe de tête.

— Ecrivez donc : « Guillaume roi, engage « sa parole qu'il sera donné aide et protec- « tion au porteur du présent pendant l'es- « pace de vingt-quatre heures, exceptant le « cas de trahison, ou bien si sa personne « était reconnue et que la protection de Sa « Majesté ne pût le couvrir. »

— Votre Majesté a mis à l'abri ma responsabilité, et je crois au duc de Berwick
assez de courage et d'honneur pour accepter
ces conditions. »

Lord Sunderland sonna et le message fut
expédié à Hyde-Parck où il arriva assez à
temps pour que la princesse Anne pût le remettre au duc de Berwick.

« Mon cher James, dit la princesse, le
sauf-conduit est conditionnel; Guillaume a
peur de son parlement; il ne vous donne sa
parole de protection qu'au cas où vous ne
seriez pas reconnu; je vous engage à vous
fier à la loyauté du roi; son serment est une
loi ! »

Le duc de Berwick parcourut rapidement
le sauf-conduit.

« Que signifie ce cas de trahison jeté en avant? Serait-ce un moyen d'éluder la protection que m'accorde le prince d'Orange?

— Trahison de roi! s'écria Tom, c'est chose commune; mais nous y pourvoirons: ne crains rien, duc de Berwick!

— J'irai en effet avec la même confiance que je suis venu me livrer à la princesse Anne.

— Allez-y, James, ajouta lord Churchill. Vous n'avez rien à craindre. »

Une voiture sans armoiries était préparée dans la cour de Hyde-Parck; le duc de Berwick y monta avec la princesse, et l'on se dirigea vers Wittehall. Quelques gardes hollandaises veillaient encore; le duc pénétra par une porte dérobée jusqu'à l'avant-cabinet du roi, où il attendit quelque temps avec la princesse ; enfin Guillaume vint lui-même ouvrir la porte et accueillit Anne et le duc de Berwick avec cet air sérieux et impassible qu'il savait si bien prendre, et qui d'ailleurs était le fond de ce caractère.

« Duc de Berwick ! la princesse Anne m'a fait demander une entrevue avec vous ; je ne l'ai point refusée ; je n'avais aucune répugnance à voir le loyal ennemi qui m'a combattu à La Boyne ; mais depuis votre dernière entreprise contre ma vie avec cet intrigant de Barclay, j'aurais hésité à vous accueillir, duc de Berwick ; le rôle d'un assassin ne vous convenait pas.

— Le rôle d'assassin ! répondit avec chaleur le duc de Berwick : Jamais ! De quoi s'a-

gissait-il? d'une attaque de vive force; d'un
même nombre d'hommes contre un semblable nombre d'hommes; ni plus ni moins;
vous avez contraint le roi Jacques à l'exil; je
voulais vous y forcer; je respecte ce sang qui
coule dans vos veines: je ne vise point au
rôle de Cromwel! je ne foule point aux pieds
les têtes royales; Votre Altesse est peut-être
destinée à accomplir le grand œuvre de la
restauration; la couronne lui est pesante:
mille difficultés lui sont suggérées par le
parlement; le peuple est mécontent; quelle
plus noble mission peut lui être réservée! »

Le roi Guillaume, accoudé sur une haute
cheminée, répondit sans s'émouvoir:

« Vous jugez mal la situation, duc de
Berwick; et portez de ma part ces paroles au
roi Jacques : « La révolution qui s'est opérée

« en Angleterre n'est point une révolution
« de rues que le caprice populaire accom-
« plit et que le caprice détruit. La cour de
« Versailles, comme celle de Saint-Germain,
« ne connaissent que très-imparfaitement ce
« qui s'est passé en Angleterre, et prennent
« l'exemple sur quelques unes des révoltes qui
« se sont accomplies en France; la Fronde,
« par exemple, qui voulait élever un pou-
« voir sur les Barricades; la révolution d'An-
« gleterre a été fondée sur des élémens plus
« durables, la propriété et la religion. C'est
« la terre, c'est l'Eglise qui ont renversé le
« pouvoir de Jacques II; ces intérêts sont
« hostiles à une restauration; je voudrais
« rendre la couronne, que je ne le pourrais
« pas; un an ne s'écoulerait pas sans ame-
« ner une révolution nouvelle : le roi Jac-
« ques est catholique, et le catholicisme
« n'est pas seulement en opposition avec

« la conscience des sujets anglais, mais avec
« la propriété ; il faut être dans ce pays
« roi de l'Eglise et de la grande proprié-
« té ; le roi Jacques ne peut pas l'être ; je
« maintiens donc dans sa famille une cou-
« ronne qui sans moi tomberait à terre,
« pour devenir la proie du premier occu-
« pant. »

Le duc de Berwick écoutait avec attention
les hautes pensées du roi Guillaume.

« Mais le droit ! s'écria-t-il ; le droit est in-
délébile, et si le roi Jacques a été privé de la
couronne, était-ce une raison d'en dépouiller
cet enfant, votre neveu et l'héritier légitime
de ce royaume ?

— J'ai souvent réfléchi à cet enfant, et la
pensée de lui restituer cette couronne m'a

préoccupé; vous le croirez, car je suis sans
postérité; et que m'importe après tout de
transmettre le sceptre à la princesse Anne ou
au prince de Galles? Mais mille obstacles
s'opposent à l'accomplissement de ce dessein;
d'abord mes sujets croiront-ils cet enfant Anglais, véritablement Anglais par le cœur, lui
qui a été élevé à Saint-Germain et sous l'aile
de Louis xiv, le plus constant ennemi de ce
royaume? Ensuite, comment le prince de
Galles sera-t-il roi? quels principes lui fera-
t-on enseigner sur la prérogative royale et
sur la religion? sera-t-il catholique ou de la
religion réformée? Duc de Berwick, vous
me direz sans doute que je suis absolu par
le cœur et que je ne suis pas anglican; tout
cela est vrai, vous voyez que je vous parle
avec franchise; mais au moins ne fais-je pas
de déclarations sur le droit divin de ma
prérogative; j'avoue hautement que je tiens

mon pouvoir de la nation et du parlement, sauf ensuite, lorsque ce pouvoir m'arrive, à l'exercer de fait et autant qu'il est en moi ; ensuite, autre chose est pour l'Eglise anglicane que son souverain soit d'une secte dissidente ; autre chose est qu'il soit papiste : tous les sermens qu'on m'a imposés, je les ai prêtés, j'ai pu les prêter ; je n'amènerai avec moi ni moines ni jésuites ; je ne blesse pas les intérêts de la noblesse qui a acquis les abbayes confisquées et les biens des monastères ; je puis faire des mécontens, mais je n'ébranle pas le sol : vous avez de la raison, duc de Berwick ; faites sentir au roi Jacques sa position et la mienne ; offrez-lui un grand Etat en dehors de ce royaume ; le trône de Pologne est vacant ; le roi de France et moi pouvons le faire élire par des efforts communs. Je sauve la couronne à sa race ; qu'il se résigne à sa destinée ; il vise à une autre

grandeur que celle de la terre; il l'attein-
dra.

— Si c'est au nom de la paix et des intérêts de l'Angleterre, pour votre repos même,
que Votre Altesse Royale garde la couronne,
répondit le duc de Berwick, qu'elle voie dans
quelle crise la révolution a jeté ce pays;
partout des mécontens, des conspirations,
des guerres; le sol que Votre Altesse croit
avoir affermi tremble sous vos pas..... Une
restauration répare tout.

— Le sol tremble encore, s'écria le roi
Guillaume, mais il s'affermira, soyez - en
sûr! Des guerres! je m'y attendais. J'ai chan-
gé le droit public en Europe; je reconnais
la souveraineté du parlement, je dois combattre pour la faire triompher : quelques
victoires du pavillon britannique, et je ré-

ponds de l'Europe. Les factions, j'aurai beaucoup à faire, mais j'en viendrai à bout à
force de sollicitude et de sueurs pour le
pays. Un jour viendra peut-être, Milord, où
vous le reconnaîtrez..... »

Un bruit se fit entendre ; on annonça la
reine Marie ; Guillaume alla lui présenter la
main ; elle salua sa sœur et le duc de Berwick.
Marie ne fit point comme la princesse Anne
des amitiés au jeune duc ; elle ne parla ni de
son père, ni de son enfance ; le duc de Berwick fut même très-frappé de l'air sec et dur
de cette princesse toujours maladive, et que
la mort devait bientôt atteindre.

« Je suis bien aise de votre venue, Madame,
dit Guillaume, parce que vous confirmerez
au duc de Berwick notre résolution absolue
de conserver la couronne d'Angleterre.

11.

— Et à qui pourrions-nous la remettre? répondit la reine.

— A qui elle est due ! s'écria le duc de Berwick avec quelque vivacité.

— A qui elle est due, Milord ; à qui le parlement l'a déférée.

— Et votre père ? Madame.

— Mon père a droit à mon respect ; mais je ne puis lui sacrifier ni les biens de l'Eglise, ni les droits de l'Angleterre.

— Et vous portez cette couronne sans.....

— Vous voulez parler de remords ; oh non ! Milord, dites-le bien à mon père ; car je remplis un grand devoir.

— Et vous vous coucherez dans le tombeau sans recevoir leur bénédiction ?

— S'ils me la refusent, j'aurai celle de l'Eglise.

— Ah ! ma sœur, s'écria la princesse Anne, quelle douloureuse idée ! elle me poursuit et me tue ; nous n'aurons pas la bénédiction de nos parens...., de nos parens ! »

Le roi Guillaume mit fin à cette conversation animée.

« Duc de Berwick, vous connaissez toute ma pensée ; maintenant mettez votre vie en sûreté et quittez l'Angleterre ; vous êtes condamné par les cours régulières ; votre tête est à prix ! il n'est pas en mon pouvoir de vous sauver, et si votre nom

était prononcé dans ce palais, vous seriez
perdu. »

Lord Sunderland ajouta :

« Mais personne ne connaît Milord ; il n'a
qu'à passer par la pièce où ses deux compagnons l'attendent, puis à prendre les appartemens de la reine : je conduirai Sa Seigneurie. »

Et il ouvrit la pièce où se trouvaient miss
Anna Perkins et Tom; Tom s'approcha du
duc de Berwick :

« Eh bien! que t'a-t-il dit, ce Samuel mau-
dit? t'a-t-il annoncé ses tourmens et pouvons-
nous espérer la délivrance de l'Angleterre? »

Lord Sunderland indiqua du doigt les appartemens de la reine. Deux femmes étaient assises attendant le retour de Sa Majesté ; l'une d'elles regarda avec des yeux de feu le duc de Berwick, et successivement le duc et Anna, puis s'écria d'une voix altérée :

« Voilà James de Berwick le proscrit ! et toujours avec lui Anna Perkins, sa concubine ! »

Milady Arabella, car c'était elle, s'évanouit.

L'Incendie.

Dᴀɴs le palais retentirent bientôt ces mots :

« James, duc de Berwick, le proscrit, est ici ; que vient-il faire ? n'est-il pas régulièrement condamné par les cours de justice ? »

Les soldats de la garde, pour avoir les 10,000 livres promises par le lord-maire, cherchaient la tête à prix; bientôt tout le palais fut sur pied, les sentinelles prévenues; le duc de Berwick tenait dans ses bras lady Russell évanouie, lorque Tom le tirant par son justaucorps, lui dit :

« Tu veux donc te faire pendre comme tes douze compagnons? laisse cette femme et suis-moi.

— Moi! abandonner une femme mourante.

— Ses servantes la feront bien revenir; mais sauvons-nous, sauve-toi! »

Tom prit violemment le duc de Berwick par la main. Et le duc de Berwick hésitait en-

core ; il retrouvait cet être puissant auquel
son existence était attachée, et il le retrouvait
le dénonçant encore à la mort sans qu'il pût
détromper cette âme jalouse, et qui se cram-
ponnait à tout son corps pour le persécuter.

Tom n'abandonnait pas le duc de Berwick.

« On vient ! s'écriait-il ; dépêche-toi et sé-
pare ton âme de cette âme impure. »

En effet on entendit dans le palais un
bruit sourd ; de toutes parts les officiers de Sa
Majesté étaient debout, il circulait mille ru-
meurs : « Le duc de Berwick est ici ! le duc de
Berwick est caché ! qu'est-il venu faire ? y a-
t-il quelques nouveaux projets contre le roi ? »

Tom d'un bras vigoureux avait saisi le duc

de Berwick et il s'était précipité à travers l'escalier dérobé. Miss Anna était restée, soutenant milady Russell évanouie.

Le duc de Berwick avait traversé la première cour où Georges Barclay attendait ses compagnons.

« Milord, dit sir Georges, nous sommes entourés, impossible de nous sauver.

— Impossible ? dit Tom en souriant ; tu ignores donc que rien n'est impossible aux vigoureux compagnons de la forêt, aux dignes membres du club de la Tête de Veau ? Je n'ai qu'un signal à donner pour que la grande catastrophe royale commence, ajouta-t-il avec un sourire infernal.

— Silence ! dit sir Georges Barclay, on s'avance, j'entends le pas d'une compagnie des gardes.

— C'en est fait!» dit Tom; et il tira de sa poche un gros pistolet d'arçon; il fit feu à deux reprises, et aussitôt quelques fusées partirent, et l'on vit une épaisse fumée s'élever du bâtiment du centre du palais.

« Au feu! au feu! » s'écria-t-on de toutes parts, et la grande cloche du château sonna le glas de l'incendie, vieille coutume des Normands *.

« Être infernal! s'écria le duc de Berwick,

---

* Il y eut un grand incendie à cette époque à Wittehall. Le duc de Saint-Simon, dans ses Mémoires, le place à l'année 1698, tom. II, pag. 104.

tu veux donc mêler le nom des Stuarts à tes exécrables projets! Wittehall incendié! Et par qui? par le fils de Jacques ɪɪ !

— Valait-il mieux que le fils de Jacques ɪɪ fût livré au bourreau et avec lui Tom, le chef et le dernier espoir de la république d'Angleterre! Mais pas d'aussi longs discours, et sauvons-nous.

— Sauvons-nous! Et nous laissons là une femme que j'aime et notre jeune compagnon, et nous assistons à la ruine de cet immense édifice qu'avait élevé la magnificence de mes ancêtres!

— Le beau lieu de plaisance de Charles ɪɪ, ajouta sir Georges Barclay.

— Et de ses impuretés », répéta Tom.

L'incendie se propageait avec une ra-
pidité effrayante, en serpentant d'un bâtiment à l'autre ; horrible spectacle que la
destruction d'un de ces grands palais que
tant d'efforts ont élevés ; ces femmes éche-
velées, ces courtisans effrayés ; et au milieu
de cela une clarté comme dans les fêtes
splendides, des girandoles de feu tout
comme au bal : c'est beau comme cette
gravure du festin de Balthazar, sublime con-
ception de Martin !

Le duc de Berwick restait immobile.

« Que fais - tu là, James Stuart ? reprit
Tom ; tu vois comme la main de Dieu s'ap-
pesantit sur cet ouvrage de la débauche ;
Jehova n'a-t-il pas écrit que tout ce qui serait élevé par la main de l'iniquité, serait
détruit par le feu ? »

Et l'on entendait des voix confuses.

« Je ne sais ce qui me retient, s'écria Georges Barclay, d'en finir avec toi, vieux diable incarné! et il lui montra le bout de sa dague.

— Sans doute encore pour me récompenser de t'avoir sauvé une seconde fois?

— Malheureuse Arabella! » s'écriait le duc de Berwick.

Et l'on entendit distinctement la voix de miss Perkins : « Du secours! du secours! une femme se meurt! »

Au milieu de ce grand tumulte, on ne l'écoutait pas, la pauvre fille! Et ce fut à la lueur de l'incendie que Georges Barclay l'aperçut portant sur ses épaules un corps de femme inanimé.

Quel fut le douloureux étonnement du duc de Berwick, lorsqu'il reconnut Arabella Russell!

Sir Georges posa la main sur son cœur : « Elle respire encore, dit-il ; ce n'est qu'un évanouissement.

— Grâces en soient rendues au Ciel! »

La foule devenait grande dans le parc; Tom pressait toujours le duc de Berwick.

«Tu veux donc te faire pendre comme un Saxon, et donner au prince d'Orange la satisfaction d'égorger le fils de Jacques II? attache-toi à cette femme; jusqu'ici elle

t'a porté bonheur, ajouta-t-il avec ironie.
Viens, suis ta destinée; cette femme, d'ailleurs, je réponds de sa vie. Mes amis ne
sont pas loin.

Tom la prit dans ses bras, s'approcha de la
foule, fit un signe d'intelligence à deux hommes qui saisirent Arabella Russell et la dé-
posèrent sous un arbre.

Puis il revint en toute hâte. « Partons, il
en est temps encore; dans deux minutes nous
serions aux mains des gardes. »

Et il entraîna ses compagnons.

Cependant le château devenait la proie de
l'incendie. Tous ces riches lambris pleuvaient
en cendres; le roi Guillaume et les princesses
s'étaient réfugiés dans le parc; on n'était

point maître du feu, et des cris confus présageaient une grande et inévitable destruction.

Le roi Guillaume, la tête toute pesante de soucis, s'était assis sur la terre, entouré d'une compagnie des gardes hollandaises; l'émotion des deux princesses s'épanchait par des larmes; la reine paraissait même éprouver de cruelles douleurs, lorsque deux hommes apportèrent à ses pieds Arabella Russell.

« Arabella, ma fidèle amie, est donc morte? » s'écria la reine.

Elle se précipita sur elle, et bientôt les secours les plus tendres lui furent prodigués : lady Russell revint, et ses premiers regards se portèrent sur cette scène d'incendie qui dévorait le château.

Elle poussa ce cri :

« Où est donc, James, duc de Berwick, le proscrit? où est donc Anna Perkins, sa concubine? »

La reine, qui ne comprenait pas ces paroles, s'imagina que les cris qui avaient retenti dans le château avaient troublé l'esprit de la jeune milady; elle la calma peu à peu; elle était elle-même si troublée!

Quand tout espoir de sauver le vieux palais fut perdu, le roi ordonna de conduire les princesses à Hyde-Parck; la reine Marie était si fatiguée, si émue qu'en arrivant à son appartement une grande crise la saisit; tout à coup ses jours furent en danger! Il fallut appeler assistance à l'Eglise d'Angleterre.

Le Serment.

J'AIME une vieille cathédrale! Quelque chose est-il comparable à ces merveilles dentelées, images de la Jérusalem céleste, avec ses saints, ses pontifes, ses vierges et ses

confesseurs? J'aime ces tombeaux où le
vieux baron, sur un marbre de mort, porte
encore son faucon sur le poing, où le saint
abbé, avec sa mître en tête, donne encore
sa bénédiction avec ses deux doigts de pierre,
raides et mutilés! Depuis quelques années
on badigeonne tant les douzième et trei-
zième siècles! on écrit tant sur les ogives et
les vitraux, on abrutit tant l'époque la plus
poétique, la plus colorée, que je m'abstien-
drai de toute description avec une rigueur
aussi grande, aussi scrupuleuse que de ce
style de *regards de femme, de soyeuses che-
velures*, pour lequel, je vous l'ai déjà dit,
j'ai très-peu d'admiration.

Dans le vieux palais attenant à la cathédrale, autour d'une table assez frugalement
servie, se trouvaient l'évêque de Londres et
quelques chanoines qui parlaient du pa-

pisme, de l'Irlande et du roi Jacques maintenant à Saint-Germain.

« Quelles que soient ses fautes et ses per-
sécutions, disait l'évêque, Jacques n'en
est pas moins notre roi légitime, et les évêques ont été dans le droit en refusant le serment à Guillaume d'Orange.

— Nous ne devons point de serment, ré-
prit avec vivacité le grand chantre, à qui
manque aux siens. On nous avait promis la
protection de nos biens et tous nos priviléges : que sont-ils devenus ?

— L'Eglise n'en doit aucun, ajouta le
doyen des chanoines dont le nez rouge de
dîmes et de bordeaux, comme le dit
Dryden, projetait une ombre vaste dans
son assiette. C'est par les statuts tyranni-

ques de Henri vııı et d'Édouard vı que l'on
nous a imposé ce tribut impie. »

Et l'évêque sourit en signe d'approba-
tion :

« Le serment n'est pas dû par le supérieur à l'inférieur, selon les paroles de
saint Paul ; il est bien assez de le prêter au
prince légitime ! ajouta-t-il.

— A ce prince qui fit mettre les prélats
d'Angleterre à la Tour ! s'écria le grand
chantre.

— Chose oubliée ! reprit l'évêque de Londres ; et que n'oublie-t-on pas en faveur
d'un roi malheureux ! L'évêque Laud bénit
le saint roi Charles ı^{er}, qui avait pourtant
persécuté ses cheveux blancs !

— La question du serment est résolue, reprit le doyen; il n'engage pas; un pouvoir nul annule tout serment qu'on lui prête.

— C'est ce que les bons et loyaux jacobites ne veulent pas comprendre : ils se refusent au serment, ajouta le théologal; s'il n'en avait pas été ainsi, nous aurions un meilleur parlement.

— Les torys ont des consciences droites et sévères, répondit l'évêque; ils ne s'abaisseront jamais au parjure.

— On ne se parjure pas en subissant une nécessité.

— Le chrétien peut-il adorer de faux dieux!

— Quand, vrais ou faux, les dieux gou-

vernent, il faut bien reconnaître leur pouvoir. Et comment agir dans l'État, si l'on se
met hors de l'État? Les jacobites ne savent
pas qu'ils ne peuvent servir la cause du roi
légitime que par le serment à l'usurpateur.
Qu'est-ce qu'un serment d'ailleurs à un usurpateur, si ce n'est d'obéir tant qu'il aura la
force de régner?

— Milords! la princesse d'Orange se
meurt, dit en entrant en toute hâte un clerc
de l'église.

— Marie se meurt, continua l'évêque
de Londres, en lisant une charte sur du
blanc parchemin; Guillaume me l'écrit et
me demande la bénédiction!

— Je réponds : Dieu ne peut bénir celle
qui n'a pas été bénie par son père! »

D'autres lettres appelèrent bientôt l'évêque de Londres auprès du lit de la malade,
et l'austère prélat s'y rendit.

Et là étaient réunies une multitude de
femmes, tristes et désolées; partout l'image
de la mort fauchant des têtes royales dans un
palais de marbre et sur des lits de soie : l'évêque de Londres entra et s'approcha de Marie.

« A ce moment suprême, Madame, avez-
vous quelque repentir de votre conduite
envers votre père? s'écria le prélat.

— J'ai appris de nos théologiens, répondit
la reine avec un sourire de fierté et de dé-
dain, qu'il ne faut pas garder ses repentirs
pour la mort. Je n'en ai aucun. »

Elle expira, cette femme forte, sans ma-

nifester le moindre regret; elle avait dans sa
pensée l'avenir de l'Angleterre; elle était
préoccupée d'une haine profonde contre le
catholicisme; elle le personnifiait dans Jacques II. Froide princesse, elle n'eut du cœur
que pour l'Église anglicane; elle avait quelque chose de la théologie despotique de
Henri VIII, et Burnett put dire d'elle, dans
son oraison funèbre : « Marie, femme d'Is-
« raël, tu sauvas le peuple de Dieu de la
« ruine en face des tentes amalécites, où
« étaient ton père et ta mère! »

Projets politiques.

Guillaume, triste, pensif, s'en revenait des funérailles de Marie dans les sombres caveaux de Westminster; une nombreuse cour de deuil l'accompagnait; et pourtant, dans la préoccupation de mort qui se peignait sur son visage, des hommes politiques devinaient d'autres pensées, des soucis plus graves encore. Arrivé dans son cabinet, il retint avec lui Sunderland, et s'assit la tête appuyée sur les deux mains. Sunderland s'attendait à l'orage, et se tint debout dans la contenance d'un caractère préparé à tout.

« Eh bien, vous le voyez : êtes-vous assez convaincu, Sunderland, de l'impossibilité d'une transaction avec les partis ? La trahison se multiplie autour de moi ; vous l'avez vue à la Hogue sous le pavillon amiral ; Marlborough, Shrewsbury, John Russell conspirent tout haut contre ma couronne ; les jacobites ont voulu m'assassiner ; ils ont incendié mon palais ; ils ont causé la mort de cette reine qui repose là froide sous la pierre de Westminster. Le duc de Berwick est passé en

Écosse pour soulever les montagnards. Les évêques protestent contre le serment; dans ces circonstances, Sunderland, les ménagemens seraient pusillanimités : on m'attaque par la force, je répondrai par la violence; j'ai fait envoyer ce matin à la Tour John Russell et le duc de Marlborough. Voilà l'ordre; il me faut un contre-seing ministériel. Voulez-vous me le donner? »

Sunderland prit la plume, signa, et rendit l'ordre au roi, un peu étonné de ce zèle et de ce dévouement sans observations.

« Vous avez signé.... Et votre avis, Sunderland?

— C'est que Votre Majesté a dû long-temps réfléchir avant de prendre une mesure aussi grave; elle est capable d'ébranler l'État. Les circonstances sont au-dessus des conseils, et je ne doute pas que la tête habituellement si rationnelle et si froide de Votre Majesté n'ait mûri une telle résolution.

— Faut-il proclamer l'impunité?

— Non, mais il faut bien frapper, et surtout prendre garde de frapper sur soi-même.

— Marlborough est un traître!

— Je ne le nie point; mais dans ces temps de révolution qui n'a point été traître? et si mon dévouement peut faire excuser ma franchise, la couronne n'est-elle pas arrivée sur votre tête par une grande et inévitable trahison? Je parle à Votre Majesté comme à un homme de portée et d'avenir. Je ne le flatte point; l'arrestation des lords Russell et Marlborough est une faute.

— La justice serait-elle jamais une faute!

— Et savez-vous, Sire, que cette arrestation est un acte arbitraire, et que la chambre des lords va réclamer; que voilà un embarras nouveau pour votre gouvernement! Savez-vous qu'un procès de trahison aux lords Marlborough et Russell retentirait dans les trois royaumes!

— Que faire enfin, Sunderland? faut-il me laisser déborder? On pourra donc tout impunément!

— Suivez une simple maxime d'État : dans un pays comme l'Angleterre, s'attaquer aux lords, à ceux qui vous ont donné la couronne est un contre-sens, une folie. Russell et Marlborough sont deux grandes têtes; les faire tomber, c'est tenter une révolution. Il faut les avoir pour vous, les ménager sans les craindre. Vous avez besoin de la princesse Anne; elle est héritière de ce royaume : vous l'avez blessée; que Marlborough serve d'intermédiaire à votre réconciliation. Sire, signez l'ordre de la liberté, et je réponds du reste.

— Et la conspiration, Sunderland !

— Attaquons-nous aux têtes sans consistance; frappez ce tas d'intrigans, de petits agens subalternes, qui remuent les trois royaumes; mais gardez-vous de toucher à l'épiscopat, aux lords, au parlement; tout cela doit vous servir, viendra à vous, avec le temps et une forte volonté. La main qui veut tout briser est souvent emportée; ménagez tout ce qui peut vous être utile; que Marlborough sache que vous connaissez ses projets, et que vous lui pardonnez; rendez à Russell la flotte; au bout du compte, une trahison qui a eu pour résultat la victoire de la Hogue peut bien se gracier; on ne trahit pas deux fois à la tête d'une armée. La clémence envers qui peut vous être utile, et l'exemple contre tous ceux qui disparaissent d'un État sans bruit, voilà votre politique. Vous parlez du duc de Berwick et de sa fuite en Écosse; nous avons un remède : le klan de Glencoe n'a pas prêté serment d'allégeance..... Vous savez les statuts..... » Et Guillaume répondit : « Je les connais, et qu'on les exécute! »

Transaction.

———

En ce moment lord Bentinck, capitaine
de la garde hollandaise, entra dans le cabinet du roi, et lui remit un billet, sur lequel était écrit un seul nom. Guillaume le
prit, et de sa main le rapprocha des yeux
de Sunderland.

« Lord Shrewsbury ! dit le ministre.

— Lui-même; je l'ai mandé, précisément dans ces vues de transactions et de ménagemens dont vous me parliez tout à l'heure.

— Je savais à Votre Majesté trop d'avenir dans la pensée pour croire qu'elle se laisserait aller aux emportemens d'une trop cruelle douleur. Shrewsbury est le plus loyal des jacobites; on peut se fier à sa foi. »

Et Sunderland se retira, saluant d'un sourire d'affection le fils de la grande douairière, que lord Bentinck introduisait dans le cabinet.

Le roi Guillaume fit un signe de sa main

à Shrewsbury, qui entrait d'un air digne
et calme.

« Milord, je vous ai mandé auprès de
moi, dans un moment où les hommes s'oublient assez eux-mêmes auprès de la tombe
pour que vous puissiez ajouter foi à mes
paroles. Marie n'est plus, et mon règne
commence. Milord, je suis fatigué des wighs;
partout ils mettent des entraves à mon gouvernement, avec leurs principes exagérés
de liberté et de résistance. Je ne puis plus
rien pour l'Angleterre ; ils manient la majorité de mon parlement; incapables d'affaires,
ils visent à la popularité par des tracasse-
ries : car lorsque une tête politique est nulle,
elle a encore une ressource, c'est de crier
fort à la trahison. Je vois l'administration des
trois royaumes, sans unité, tomber en lam-
beaux. Dans cette situation, mon dessein

arrêté est de m'adresser aux torys; eux
seuls comprennent la prérogative royale
et les droits de la couronne. J'appelle
des hommes de pouvoir et d'honneur, et,
Milord, je vous offre le poste de secrétaire d'État de ma maison, que vous avez
abdiqué lors de l'expédition de Jacques en
Irlande. »

Shrewsbury, un moment étonné, reprit
avec l'expression d'une grande modestie :

« Les mêmes motifs qui me firent alors
abdiquer me dictent encore aujourd'hui un
refus à Votre Majesté.

— Ces motifs ne seraient-ils pas, Milord,
une dernière conférence que Votre Seigneurie aurait eue avec le jacobite Mont-
gommery ? »

Shrewsbury, pâle et troublé de ce que Guillaume savait toute la conspiration de Saint-Germain, répondit :

« Mes sentimens sont bien connus de Votre Majesté : elle ne doit pas être étonnée de trouver mon nom en certaines af-faires.

— Milord, reprit Guillaume, je ne ferai point ici une scène d'Auguste et de Cinna; je sais la valeur des hommes; et vous me connaissez trop bien pour supposer que je me targue de générosité et de pardon à votre égard. Quand je fais un acte, j'ai en vue le pays et les intérêts de ma couronne; si je me rapproche de vous, c'est moins encore par la juste estime de votre carac-tère que par l'utilité que j'y trouve. Vous avez conspiré, vous conspirez contre moi

encore ; vous êtes uni à quelques torys
mécontens. Voyez là-bas sur cette table,
vos lettres y sont; je pourrais vous intenter
à tous un procès de haute trahison; l'opinion serait pour moi, et votre tête me ré-
pondrait de l'avenir..... Mais je ne veux point
vous avoir par la peur, dit Guillaume s'ap-
prochant de la table, et jetant toutes ces
lettres dans le feu : les preuves sont en
cendres; j'en appelle à votre raison et à
votre patriotisme.

--- Et le vieux dévouement de mes ancêtres! s'écria milord Shrewsbury; puis-je ef-
facer l'honneur de mon blason?

— Votre honneur! Shrewsbury, reprit
Guillaume en lui pressant les mains; écoutez-moi! Tant que la cause du roi Jacques a
eu quelque chance, je conçois que vous lui

ayez sacrifié votre épée; je ne blâme pas
ces dévouemens, et Bentinck m'en donnerait
ici l'exemple, sans doute; aussi ai-je accepté
votre démission lors de l'expédition de Jacques II en Irlande. Il y avait doute, hasard
des batailles. Votre bras a dû se donner à
qui était votre cœur. Mais aujourd'hui, à
quoi se réduisent les chances d'une restauration? à quelques complots souterrains que
votre loyauté repousse contre ma personne
ou contre l'Angleterre! Ainsi rapetissée, pouvez-vous servir encore cette cause? Laissez à
milady douairière de Shrewsbury ces lar-
moiemens de femmes; vous êtes homme politique, je vous offre une chance de service
au pays; il ne vous appartient pas de le
refuser.

— Mais mon parti criera à la trahison; et
c'en est une, Sire!

— Une trahison! le mot est bien trouvé
lorsque je viens de jeter là au feu des preuves
d'un abandon de sujets bien autrement
grave. Votre parti, Milord, se compose,
comme tous les partis possibles, de fous
et de gens sages; les premiers, il serait in-
sensé de les rattacher; ils mourront avec
leurs préjugés plus ou moins honorables,
n'importe; les sages applaudiront à votre
exemple; car, après tout, que leur ap-
portez-vous? le pouvoir : or, que fait le
nom de celui qui règne? Ce que veulent
les partis, ce qu'il doivent vouloir, c'est
la direction des affaires, et je les mets
dans vos mains : puis-je compter sur vous,
Shrewsbury ? »

Et le comte, accoudé sur la table de tra-
vail, paraissait absorbé dans ses idées; des
larmes tombaient de ses yeux.

« Shrewsbury, lui dit Guillaume, ayez moins de cœur et plus de tête; voyez l'Angleterre agitée par les factions, le pays désolé, les grandes familles désunies, la France prenant force de nos débats intérieurs. Un peu de soulagement apporté à tout cela ne vaut-il pas l'abandon de quelque fidélité de race?

— Votre Majesté ne sait-elle pas toute la puissance d'une dynastie, lorsqu'elle se rattache à votre maison par les bienfaits et les souvenirs?

— Eh bien, Milord, concilions tout : acceptez ce que je vous offre, et je dépose dans votre sein le secret de mon avenir. La mort si subite de ma femme, le désir de mettre un terme aux maux de l'Angleterre, m'ont fait prendre la résolution de négocier avec la cour de Saint-Germain pour savoir si Jacques consentirait à abdiquer en faveur du prince de Galles, qui, élevé en Angleterre et au sein de son Eglise, serait appelé après ma mort à la couronne. Cette négociation vous va-t-elle ? satisfait-elle complètement votre conscience et votre opinion ? Qu'en dites-vous, Milord ? »

Et Shrewsbury se précipita aux genoux de Guillaume et lui baisa les mains :

« J'accepte, Sire, avec orgueil et gloire ! »

L'Agent secret.

———

Tout retentissait des vivats, des éclats
d'une joie domestique dans le noble château de Shrewsbury; la douairière s'en revenait de Saint-Germain où elle avait assisté
au grand baptême; toutes les vieilles jaco-

bites de la contrée s'étaient rassemblées en
réunion générale, et la douairière de Shrewsbury n'avait pas assez de paroles pour racon-
ter toute la belle cérémonie et comment le
roi Jacques n'était pas impuissant, pas plus
que Charles II d'amoureuse mémoire. C'était
une de ces réunions comme j'en ai vu quelquefois, des dames de charité ou des quê-
teuses de paroisse; car que peut-on faire
quand on est douairière, si ce n'est rendre
le pain bénit! L'ex-mairesse, vénérable
doyenne, n'avait pas manqué de demander
les détails, l'ordre et la marche des pompes
de Saint-Germain; quel tabouret chaque
dame titrée occupait à la droite et à la gau-
che du grand lit de parade de Sa Majesté la
reine d'Angleterre, de présentement à
Saint-Germain.

Cependant un air de tristesse régnait sur

le front de la douairière, et faisait contraste avec l'enthousiasme général qu'inspirait le bonheur d'avoir joui de la vue de Sa Majesté légitime, et d'avoir reçu sa gracieuse accolade; on savait bien que le duc de Berwick s'était sauvé et qu'il n'était point dans les mains du prince d'Orange; mais lady Shrewsbury pouvait-elle oublier, et tous les assistans le savaient comme elle, que le duc de Berwick avait été dénoncé par lady Arabella Russell, sa propre nièce! Quelle tache pour une noble race! quelle bande noire ne fallait-il pas appliquer à son blason!

« A-t-on des nouvelles du duc de Berwick? dit tristement l'ex-mairesse; j'ai su qu'il s'était réfugié en Irlande, en Ecosse peut-être, où tant de partisans le protégeront.

— Dieu sauve sa tête chérie! répondit lady

Shrewsbury ; ma famille a assez de torts envers le noble jeune homme. »

Et de grosses larmes tombèrent des yeux
de la vieille duchesse.

« Ne parlons pas de cela, reprit lady Seymour; c'est un mystère qui s'éclaircira en
l'honneur de votre race; n'est-ce pas encore
un mensonge de ce prince d'Orange qui
compromet ainsi les meilleures maisons !
ne serait-ce pas une simple dénonciation de
domestiques?

— Dieu vous entende, Milady; en tous les
cas, je laverai ma race de cette tache malheureuse ! Je donne à Sa Majesté le roi Jacques de nouvelles preuves de dévouement;
chut! chut! dit-elle en se levant pour véri-
fier à toutes les portes si personne n'écoutait:

vous savez, Miladys, que j'ai amené avec
moi de France un agent secret de la restauration?

— Un agent secret! dirent à la fois toutes
ces douairières, un agent secret de la légitimité! où est donc cet homme respectable? »

Et aussitôt milady Shrewsbury ouvrit une
porte dérobée, et M. L'loyd parut rayonnant
au milieu des nobles dames. Est-il une position plus heureuse, lorsqu'il ne se fait pas
pendre, que celle d'un agent secret tombant
au milieu des femmes de son parti? Que lui
comparer, si ce n'est l'aumônier d'un couvent,
fêté et caressé par un essaim de fraîches et
gentilles nones, accablé de bonbons, et pé-
rissant comme Vert-Vert sous les dragées?

M. L'loyd salua profondément cette res-

pectable compagnie, et l'on se mit à l'interroger sur le succès prochain de la cause
royale.

« Ceci durera-t-il long-temps ? disait lady
Seymour.

— Pas six mois, n'est-ce pas ? répétait
l'ex-mairesse.

— Quelle tyrannie ! disait une autre.

— Atroce gouvernement ! » répliquait la
douairière de Shrewsbury.

M. L'loyd ne savait qui entendre et à qui
répondre ; tant de questions se pressaient,
se multipliaient !

« Miladys, calmez-vous ! calmez-vous !

nous parviendrons au résultat désiré, mais de la prudence, de la modération.

— Du calme! de la modération! répéta l'ex-mairesse avec une espèce de rugissement. Et comment avoir du calme après tout ce qui se passe? Non! il ne faut pardonner à personne; il faut que Sa Majesté le roi agisse dans toute la plénitude de son pouvoir, et qu'il fasse pendre tous les malpensans.

— Tous! tous, certes! sans exceptions! répondirent toutes ces femmes en chœur.

— D'abord, lord Sunderland.

— Le duc de Marlborough!

— Puis la majorité des lords.

— La chambre des communes en masse.

— Puis........

— Mon Dieu, dit M. L'loyd, vous ne laisserez donc personne pour saluer l'avènement de notre royal maître Jacques ii, roi d'Angleterre?

— Oui, Sir, des gens comme nous, des fidèles sujets; les Ladys qui ont baisé la main à leur gracieux souverain Charles ii d'amoureuse mémoire!

— Voilà un trône bien étayé, répéta entre ses dents M. L'loyd, et ma foi tout ceci me rattacherait bien au prince d'Orange. »

On entendit un grand bruit dans la cour, les pas des chevaux se pressaient.

« Qu'y a-t-il ? qu'y a-t-il ? » s'écria la douairière avec émotion.

Un valet de pied vint annoncer lady Arabella Russell. La vieille tante n'avait pas fait encore une réponse, que la jeune lady entra pâle et en désordre.

La douairière s'écria : « Vous ! Milady ?

— La reine n'est plus ! le duc de Berwick le proscrit ! Anna Perkins sa concubine !..... »

Elle s'assit presque évanouie.

« Milady a perdu la raison, dit l'ex-mairesse.

— Ma nièce ! » et la douairière de Shrewsbury lui tendit les bras. « Pauvre nièce !

— Punition du ciel, répéta tout bas lady Seymour, pour avoir trahi le prince légitime.

— Otez-moi de devant les yeux ce spectacle; les flammes! ce palais! le duc de Berwick! cette femme! Anna Perkins!»

Elle a perdu la raison.

Et M. L'loyd, qui avait reçu un billet de Londres, le lut ainsi à la compagnie :

« Le duc de Berwick a eu une conférence « secrète avec Guillaume; reconnu par lady « Arabella Russell, il a été dénoncé par elle; « le duc allait être saisi dans le parc, lors- « qu'un violent incendie a éclaté; on en « accuse le duc de Berwick; le palais est en « cendres. Le comte de Shrewsbury accepte « la place de secrétaire d'État. »

— Mon fils secrétaire d'État de l'usurpateur ! s'écria la douairière de Shrewsbury, et Arabella Russell ma nièce ! la malheureuse ! dénoncer pour la seconde fois un
Stuart ! quelle fatalité !

— Oui, toujours lady Russell sur les traces
du duc de Berwick et de sa complice ! répondit avec une voix altérée et puissante la
jeune lady.

— Et qu'a de commun cette existence
avec la tienne ?

— Qu'a de commun ? la passion ! Et vous
ne savez pas tout ce qu'il y a dans une
femme qui voile l'image de son époux, et
cela pour être trahie, sacrifiée à une misérable concubine que l'on voit heureuse et
tendrement aimée ! »

Et toutes ces douairières l'écoutaient ;
toutes pensaient : ce n'était pas comme cela
au temps du galant Charles ii; il y avait
moins de remords !

« Shrewsbury est secrétaire d'État, un
tory au pouvoir ! le duc de Berwick a eu
une conférence avec Guillaume, murmura
M. L'loyd, et je n'y étais pas? qu'a-t-on pu
y dire et y convenir ? a-t-on pu agiter une
question royale sans moi ? »

Et cela l'occupait plus que l'incendie d'un
château et la folie d'Arabella Russell ! car
une conférence est une chose inestimable
pour un agent secret : c'est sa préoccupation et sa manie ; grands et petits, nous
tendons tous, dans notre sphère, à nous
donner de l'importance ! et mannequins politiques que nous sommes, nous jouons

tous notre rôle sur des échasses. Le regard
du peuple a quelque chose de l'œil du tau-
reau qui grandit ceux qui le conduisent
et le trompent : autrement que de petits
hommes n'aurait-il pas broyés de sa main
de fer?

Les Ecossais et les Irlandais.

« Te voilà enfin dans la vallée de Glencoe,
et ce n'est pas sans peine, dit Tom au duc de
Berwick, en abordant dans un de ces vallons
nuageux qui séparent les sombres montagnes
d'Écosse.

— Que le nom est bien choisi! répondit miss Anna; vieille demeure de Fingal, elle a retenu le nom de Vallée des larmes!

— Quel klan habite ici? demanda le duc de Berwick, rompant un long silence, tristement agité par la pensée d'Arabella.

— C'est la famille des Macdonald, fidèle à ta race, reprit Tom, montagnards stupides qui s'attachent à une famille comme à un culte!

— J'aperçois des uniformes anglais : la vallée serait-elle envahie! » Et le duc de Berwick regardant la couleur des uniformes : « C'est le régiment de lord Argyle, en garnison ici sans doute; pauvres Macdonald! vous payez cher votre fidélité! »

Un soldat passa tout auprès du duc de Berwick.

« Camarade, lui cria-t-il en mauvais écossais, pourquoi tant de compagnies dans ce vallon?

— Vous n'êtes donc pas de ces contrées? lui répondit le soldat avec un ton brusque; remerciez-en Dieu, car le lord colonel nous fait faire bonne et grande chère aux dépens des montagnards; voyez plutôt. »

Et il montra une troupe de ses camarades qui chassaient devant eux plusieurs bœufs, et portaient des oies avec leurs blanches ailes passées à travers la bandoulière de leur mousquet.

« Il fait ici bon vivre, et cette garnison

vaut bien celle de Portsmouth et de Ply-
mouth.

— Tout ton régiment n'est point dans
la vallée de Glencoe? continua le duc de
Berwick.

— Ah! mon dieu non : dix compagnies
entourent ce diable de fort de Bass, qui se
pavoise toujours du drapeau des Stuarts ;
quels hommes que ceux qui se défendent
ainsi ! Imaginez qu'ils ne sont là dans cette
bicoque que dix ou douze soldats ou plutôt
des diables, et depuis quatre ans ils font
damner les grenadiers d'Argyle, qui certes
ne sont ni les moins braves ni les moins
rudes à l'assaut.

— Admirable courage ! s'écria le duc de
Berwick.

— Et pour qui tout ce dévouement? ajouta
Tom.

— Il y a de la magie, reprit le soldat;
lord Argyle voulait les avoir par famine; ils
ont imaginé de faire monter les vivres au
moyen d'un bateau qu'ils hissent jusqu'au
haut de la muraille : d'où viennent ces vivres? tout le monde l'ignore; mais j'entends
le cornet qui sonne l'appel de midi, et le capitaine Campbell n'est pas tendre. »

Le soldat se retira pour rejoindre sa compagnie qui se rassemblait autour de l'habi-
tation de Macdonald.

Le duc de Berwick demeurait soucieux avec
cette triste pensée d'Arabella qui le préoccu-
pait. Qu'allait-il faire dans ce pays? il savait
les opinions du comte de Montross et de plu-

sieurs lords d'Ecosse, le dévouement de tous les klans écossais à sa race. Il pouvait fugitif passer en toute sûreté à travers les montagnes pour gagner la mer et s'y embarquer ; cette idée lui répugnait. Etre au milieu des amis de sa cause, les voir persécutés pour leurs opinions, et puis les abandonner sans prendre les armes, sans partager leur péril, sans exposer sa tête à une communauté de dangers, c'est ce que les nobles âmes ne peuvent comprendre. On fera de beaux livres contre la guerre civile, contre ces soulèvemens de gentilshommes fidèles et de paysans armés de croix ; philanthropes pusillanimes qui ne savent pas tout ce qu'il y a de grand et d'énergique dans les têtes qui se sacrifient !

« J'irai chez Montross, dit le duc de Berwick, et nous arrêterons enfin ce qu'il est possible de faire pour réunir les braves montagnards et marcher contre ceux qui les oppriment.

— Fières troupes que les Ecossais, dit Barclay, digne race des montagnes!

— Fières troupes, sans doute, répondit Tom, quand elles saisirent le glaive du Seigneur, quand elles firent la guerre pour le covenant contre les vieux droits d'une race de rois!

— Silence, Tom, répondit Barclay; ne cesseras-tu de nous parler de ta république et de tes saints, bons à pendre tout au plus aux vieilles murailles d'Edimbourg!

— Le berceau des Stuarts pourrait-il produire autre chose que des miracles? ajouta miss Anna.

— Le château du comte de Montross, chef de la famille de Graham, est à deux lieues de Glencoë, sur le penchant de la montagne, si je connais bien ma carte d'É-cosse, dit le duc de Berwick; et après quel-que temps de marche sur des coteaux ver-doyans, on découvrit à droite les anti-ques constructions du château : c'était en quelque sorte la Grotte de Fingal, à la-quelle la féodalité avait adapté les caractères indélébiles de son passage; les grandes tours crénelées, les fossés profonds et cette archi-tecture découpée qui frappe tant l'imagi-nation. A mesure que les nuages se dissi-paient, on voyait se développer ce large contour de murailles qui formait la triple enceinte; plus loin une noire forêt des bardes, au midi de gras pâturages, et au mi-lieu des troupeaux nombreux qui se dispu-taient l'herbe des champs; quelques postes

de soldats anglais du régiment de lord Argyle
étaient distribués dans la plaine pour sur-
veiller les mouvemens des montagnards.

Lorsque le duc de Berwick arriva au
château du comte de Montross, il y avait
réunion secrète des klans jacobites* et de
quelques envoyés irlandais qui proposaient
un soulèvement contre l'oppression. Le duc
de Berwick ne se fit point annoncer sous son
nom véritable; Montross ne le connaissait
pas; il voulait pourtant se réunir à lui et
diriger la révolte de l'Écosse et de l'Irlande.

« Un gentilhomme du Northumberland
demande à parler à lord Montross, dit sir
Georges Barclay, et nous sommes de sa

---

* J'ai pris le mot klan indifféremment dans sa signifi-
cation naturelle de tribu; puis par ellipse, comme le titre
du chef de la tribu, et pour éviter des périphrases.

suite : il s'adressait ainsi à un des pages
écossais, lutins brillans qui peuplaient la
cour du noble lord.

— Soyez les bienvenus, jamais l'hospitalité ne fut refusée à de braves gens comme
vous; et quoique vous soyez de race anglaise, nous viderons la coupe dans la
grande salle du festin. Nous aurons bonne
compagnie ce soir, car tous les klans des
montagnes sont réunis autour de la table de
chêne où venait boire le victorieux Fingal!

— Et parmi tous ces klans, quel est le
plus noble, le plus respectable, le plus fidèle
aux Stuarts? dit miss Anna.

— C'est Macdonald et sa nombreuse famille; c'est Macdonald avec les cinquante-
cinq mâles de sa race. »

Et la cloche du château sonna à tout branle
pour annoncer l'arrivée des étrangers.

On les fit passer dans une grande pièce où
ils se lavèrent les mains et les pieds ; on fit
circuler à la ronde une coupe que remplis-
saient quelques Ecossais au costume national,
et alors les uns et les autres se pressèrent les
mains en signe d'hospitalité.

Bientôt lord Montross vint lui-même visiter les étrangers. Comme il avait beaucoup
connu Jacques II, et que les traits des
Stuarts étaient gravés dans sa mémoire, il
fut vivement frappé des caractères de res-
semblance qu'avait avec ses souvenirs la
belle et noble physionomie du duc de Berwick ; il reconnut cette main surtout, dénonciation traditionnelle. Montross le prit à
part, sous prétexte de visiter le château :

« Il serait difficile, Milord, de cacher votre origine; elle est gravée sur chacun de vos traits, dans chacun de vos regards; je connais assez les tristes aventures du duc de Berwick pour supposer que la fortune a pu le jeter parmi les fidèles montagnards d'Ecosse.

— Je n'ai pas besoin de dissimuler avec vous, Milord, je confie ma tête à votre loyauté; je suis le duc de Berwick, digne en tout point de m'associer aux nobles efforts des Écossais.

— Oui, ils seront grands et nobles, duc de Berwick; voyez cette longue réunion de klans tous assis autour de la table de Fingal; chacun porte sous ce costume grossier un cœur loyal, prêt à se sacrifier pour Jacques II et son descendant le prince de Galles. »

Le duc de Berwick apercevait en effet, dans une immense galerie, cette nombreuse troupe de klans, chacun revêtu de sa couleur distinctive ; quelques Irlandais étaient mêlés à eux et paraissaient fraterniser, quoique cependant une discussion assez vive fût engagée. En jetant les yeux sur ces Irlandais, le duc de Berwick n'eut pas de peine à reconnaître ses amis avec lesquels il avait combattu à la Boyne ; parmi eux se distinguaient O'Connor, O'Donnel, O'Mahony ; le duc leur fit signe en mettant un doigt sur la bouche qu'il ne voulait point être reconnu, et ses amis se bornèrent à lui serrer vivement la main et à saluer sa bienvenue.

« Que la paix soit avec vous, dit en entrant le comte de Montross, continuez sans alarmes une discussion sur les moyens de sauver l'Ecosse et l'Irlande ; ces étrangers qui nous

demandent l'hospitalité combattront pour
la même cause. » Et tous les klans se levèrent
pour saluer le duc de Berwick et ses compagnons.

« Eh bien ! dit O'Donnel, la question
est tout entière sur le serment du Test ; il
doit être révoqué ; il ne peut plus exister ;
la contre-révolution qui renversera le prince
d'Orange doit être plus encore catholique
que politique.

— Nous voulons notre foi et nos vieilles
franchises écossaises, telles que notre parlement les avaient stipulées, répondit Macdonald.

— La nation irlandaise est pour le moins
aussi digne d'obtenir son affranchissement
que l'Eglise presbytérienne ; et pourquoi lui

refuserait-on, à elle aussi, son Eglise, ses évêques et sa liberté?

— Bien, dit le klan de Glencoe, mais cette religion c'est le papisme qui opprime depuis si long-temps les peuples d'Ecosse et d'Angleterre; pour vous en convaincre, allez entendre les sermons de l'évêque de Glascow.

— Nous ne voulons plus en Irlande un clergé schismatique qui dévore les dîmes de nos paroisses catholiques.

— Pourquoi le peuple a-t-il persisté dans son erreur du papisme? dit le klan avec chaleur.

— Valait-il mieux adopter le schisme et abdiquer sa foi comme Henri viii? répliqua O'Mahony. »

Les personnalités devenaient vives, et il y avait loin de là au système de conciliation qu'on voulait adopter; il existait des haines, une antipathie nationale entre les Ecossais et les Irlandais, et il était bien difficile de les réunir dans un but commun; telle était cependant la pensée du comte de Montross.

« Que voulons-nous tous, mes amis? continua le noble lord, restaurer la couronne de nos anciens maîtres les Stuarts; il sont Ecossais d'origine, et les vieux chefs de ces contrées se souviennent de la race qui gouverna leurs ancêtres! Vous, nobles Irlandais, vous saluerez le chef catholique. Qu'importe le motif? n'avons-nous pas tous la même affection, n'allons-nous pas au même résultat? »

Et tous répondirent en chœur :

« C'est vrai, noble lord, c'est vrai.

— Et que devons-nous faire maintenant?

— Nous réunir pour renverser la faible digue qui vous empêche de revoir vos princes légitimes; je fais un appel à votre loyauté; qu'à un signal donné, l'Ecosse et l'Irlande se soulèvent en armes.

— C'est ce qui est déja préparé, répondirent les klans; les montagnards sont prévenus. Au premier son de la cornemuse et quand le feu paraîtra sur les hauteurs, ils devront descendre de leurs demeures, et se rassembler sous l'étendard de leur chef.

— L'affaire est faite depuis long-temps en Irlande, s'écria O'Mahony; tout est prêt, et si nous avions des fusils, des munitions et quelques mille livres sterling, quarante mille Irlandais pourraient opérer contre l'armée orangiste.

— Voilà bien des moyens, répliqua le duc de Berwick; plus qu'il n'en faut peut-être, mais l'important est de les organiser : la cause de la loyauté a péri faute de s'entendre; elle est pourtant si belle, compagnons, qu'on pourrait bien lui sacrifier quelques inimitiés nationales, quelques souvenirs, quelques antipathies de famille. Le roi Jacques sait vos desseins; il applaudit à vos efforts, nobles Irlandais! Braves montagnards, encore quelques jours, et l'étendard des Stuarts sera relevé. »

Ces paroles excitèrent de l'enthousiasme; Macdonald prenant la main du duc de Berwick, lui dit :

« Le 25, tous les klans seront en armes;
je t'en donne ma parole. »

Et Tom murmura dans ses dents :

« Vieillard imbécile, et pour quelle cause?
si c'était au moins pour la sainte république
d'Angleterre ! »

Le Massacre de Glencoe.

———

« Des étrangers parcourent les montagnes ! alerte, colonel ! »

Ainsi s'exprimait un jeune capitaine dans
le costume national d'Écosse, accourant

sous la tente de milord Argyle, commandant le régiment campé dans la vallée de
Glencoe.

« Quelques nouvelles tentatives du comte
de Montross, capitaine Campbell, intrigant
actif qui remue tous ces klans, et les porte à
la révolte contre le roi Guillaume! et quelle
est leur mine?

— Pardieu! je ne les ai vus que de loin;
l'un est grand, avec des traits prononcés et
remarquablement nobles et beaux!

— Silence, capitaine! les dépêches du
conseil privé me signalent le duc de Berwick!
Serait-ce lui qui viendrait troubler la paix
des montagnes?

— Le duc de Berwick! colonel; quelques

hommes, et je l'arrête, serait-il dans le souterrain le plus secret du château de Montross!

— Le château de Montross est inviolable,
capitaine Campbell; Sa Grâce a de vieux
priviléges, et nous ne pouvons approcher de
ses créneaux!

— Pitoyable système qui nous expose à
la révolte des klans; le proverbe écossais ne
dit-il pas : « Une fois la tanière forcée, l'ours
« est pris! »

— La révolte n'est point à craindre, capitaine; et je compte sur vous; écoutez. »

Et milord Argyle conduisit Campbell
dans un lieu écarté, afin de n'être pas
entendu.

« Etes-vous dévoué à Sa Majesté le roi Guillaume, Campbell ?

— Comme à ma mère, colonel.

— Ferez-vous tout ce que le bien du service royal commande ?

— Je le ferai !

— Eh bien, Campbell, lisez ces dépêches ! »

Le capitaine les prit, les parcourut à plusieurs reprises, tandis que lord Argyle, les yeux fixes, l'air inquiet, saisissait toutes les impressions de la physionomie du capitaine.

« Ce n'est que cela ?..... » dit Campbell avec sang-froid.

Et milord Argyle frémit.

« Ce sera fait cette nuit, colonel.

— Tous, sans en épargner aucun,.....
aucun », continua milord Argyle, avec une
tristesse dubitative.

Campbell fit un signe approbatif :

«Milord, y aurait-il ma femme et mes
fils dans tout ce klan?

— A neuf heures tout doit être fini; lord
Sunderland en fait une condition expresse;
si l'on connaissait l'ordre du conseil avant
l'exécution, tout serait compromis; Macdonald est puissant parmi les klans; une
parole, et le feu, signal de guerre, paraîtra
encore sur ces montagnes. Campbell, votre

compagnie est, je crois, de même race que
la famille de Macdonald.

— De la même race, colonel; nous nous
sommes enveloppés des mêmes plaids; cela
nous donne des facilités pour pénétrer dans
sa demeure. »

Et le capitaine réunissait ses Écossais,
s'acheminait vers le nord de la vallée.

Quel spectacle magnifique qu'une de ces
grandes chaînes de montagnes qui mêlent
leurs pics aux cieux! Là, tout est sublime,
tout est nature primitive; je crois que dans
ce terrible bouleversement qui a tant rape-
tissé la nature humaine, Dieu a oublié les
Alpes et les a laissées là comme un témoignage de l'époque des Géans.

Les montagnes d'Ecosse ne sont pas les Alpes, mais elles ont quelque chose de plus pittoresque, parce qu'elles conservent une population plus nationale, moins corrompue par les races d'étrangers; qu'est-ce que la Suisse maintenant? un lieu de passage et de chaises de poste, où l'on trouvera bientôt toutes les nations, excepté des Suisses!

C'était dans une de ces pittoresques vallées, celle de Glencoe, que Macdonald, vieux klan, s'était retiré en sortant du château du comte de Montross. Il était là entouré de toute sa race, génération fidèle qui n'avait point encore prêté serment à l'usurpateur; il racontait les anciennes prophéties des veillards de l'île de Skyes, légende aussi sainte que celle de Fingal, et du tombeau de l'enchanteur Merlin dans le pays de Galles. Est-il quelque chose de plus doux à en-

tendre que les vieilles légendes de la patrie,
quand elles ne sont point desséchées par
la main pesante de quelque érudit de l'aca-
démie des inscriptions? Et Flora, l'aînée
des filles de Macdonald, chantait quelques
unes des ballades jacobites :

« Que Dieu sauve le roi, que Dieu conserve notre
seigneur le roi, qu'il le rende victorieux, heureux
et glorieux pour régner long-temps sur nous.

« Bon courage à tous les sujets fidèles, grands et
petits, qui rappelleront le roi, le seul roi qui ait
le droit de régner; son retour peut seul sauver la
Grande-Bretagne! »

Et les klans de Macdonald répétaient en
chœur, au son de la cornemuse :

« Que Dieu sauve le roi. »

Le plus puissant des mâles du klan entonna d'une forte voix ces paroles de guerre :

« Dors, ma bonne claymore, dors sous la bruyère épaisse entre ces deux rochers ; dors, ma bonne claymore, puisque l'honneur de l'Écosse sommeille ; dors jusqu'au jour où le signal du réveil nous sera donné par un autre Montross ou un autre Dundee.

« Reste cachée, ma bonne claymore, sous l'épaisse bruyère, puisqu'ils t'ont proscrite, toi aussi ; proscription glorieuse que tu partages avec la race de nos rois ; aimerais-tu mieux voir un traître se mirer dans ta lame polie ? Que dirais-tu, si ton acier fidèle devenait un glaive régicide dans les mains des bourreaux de Marie et du roi Charles ?

« Reste donc cachée, ma bonne claymore. »

Au loin le cornet à bouquin et le bruit

monotone de la cloche osseuse annonçaient la paisible rentrée des troupeaux, lorsqu'on frappa avec assez de force à la porte de la maison du klan.

« Ouvrez, au nom de Sa Majesté le roi, nous vous demandons l'hospitalité!

— Qui peut frapper ainsi? répliqua Macdonald.

— Le capitaine Campbell, du régiment de milord Argyle, de race écossaise comme vous.

— Soyez le bienvenu, capitaine, car il y a de vieux souvenirs d'hospitalité entre votre klan et le nôtre. Votre trisaïeul s'assit à ce foyer, et nous jurâmes éternelle alliance!

— En effet, Macdonald et nous, sommes cousins, si je ne me trompe. »

En disant ces paroles la porte s'ouvrait, et les soldats du capitaine se dispersaient dans l'humble maison du klan; et ses filles et sa femme leur offraient du fromage, du pain et du lait, pour fêter leur bonne arrivée; et tous buvaient, mangeaient ensemble comme de joyeux convives!

« Chantez, chantez, mes filles, les vieilles ballades écossaises en l'honneur de Fingal », répétait le vieux klan; « contez comment les sons de sa harpe d'or ébranlèrent ces saintes vallées »; et Campbell encourageait les jeunes filles qui disaient en chœur les souvenirs de la patrie.

Cependant le capitaine portait souvent

les yeux sur sa montre en argent grossière-
ment travaillée, pendue à sa ceinture de cuir.

« Encore une heure », dit-il à voix basse
au sergent de la compagnie, qui le regardait avec des yeux fixes et ternes !

Et la troupe formait des danses joyeuses
pour distraire la longue veillée d'automne !
La belle chevelure blanchie de Macdonald paraissait au milieu de ses jeunes filles comme
des flocons de neige parmi des roses.

Le capitaine semblait prendre plaisir à
ces innocentes distractions, comme s'il n'a-
vait été occupé d'autre chose ; il se manifes-
tait un échange de gaieté, de confiance et
d'hospitalité.

Et Campbell dit :

« Soldats, l'heure est arrivée! »

Le son lugubre du cornet se fit alors entendre, et les Écossais d'Argyle se précipitèrent sur le vieux klan, tandis que le capitaine lisait :

« Guillaume roi! Le klan des Macdonalds ayant refusé le serment, est mis hors la loi commune ; lord Argyle exterminera tous les mâles par le glaive, comme coupables de haute trahison. »

L'on entendait de minutes en minutes des détonations dans la vallée ; tantôt un enfant trouvait la mort sous la balle de fer, tantôt elle perçait le sein du vieillard. La tête de Macdonald fut envoyée au château de Montross avec ces seuls mots : « Condamné lui et sa race pour refus de serment d'allégeance »; et la terreur fut si grande parmi les klans, que le duc de Berwick ne put réunir dix hommes des montagnes pour commencer la guerre !

Cette épouvantable mesure avait été conseillée par lord Sunderland. Il avait ménagé les grands; mais les petits, que lui importait? il épargnait lord Montross comme le duc de Marlborough et Russell; mais pour les klans des montagnes, il avait dit :

« Qu'une race d'entre eux soit éteinte, et cet exemple évitera le soulèvement de l'Écosse et les intrigues du duc de Berwick! »

Départ d'Écosse.

―――

La triste exécution du klan Macdonald
avait jeté la terreur, parmi tous les highlanders ; il n'était plus possible d'espérer l'insur-
rection de l'Ecosse en faveur des Stuarts ; telle

était l'opinion de Montross : il conseilla au duc de Berwick de gagner la France et d'y espérer un temps meilleur, pour venir ensuite seconder le mouvement des amis de la cause jacobite en Angleterre.

« Demain nous attendons un corsaire de Saint-Malo, ajouta le noble lord : nos montagnards connaissent les sentiers les plus inaccessibles qui bordent les côtes, abandonnez-vous à leur dévouement, duc de Berwick.

— Pourquoi ne pas rester et combattre? s'écria Barclay; les faibles femmes fuient le danger; mais un royaliste meurt pour sa cause; c'est dans l'ordre.

— J'ai juré sur le tombeau de mon père, dit Anna, de ne plus quitter les Trois-

Royaumes qu'après la restauration du trône
des Stuarts.

— Qu'irons-nous faire en France? ajouta
le duc de Berwick tout pensif; voir notre maison humiliée mendier des secours
étrangers, subir la pitié de Mme de Maintenon !

— Duc de Berwick, continua Montross, ré-
servez-vous pour de meilleures circonstances; que vos amis restent en Ecosse, ceci
peut être utile; qu'ils essaient d'engager des
luttes particulières, cela peut nous servir
encore; mais vous, duc de Berwick, vous ne
pouvez paraître que sur un vaste champ de
bataille; ne vous compromettez pas dans des
affaires d'avant-postes.

— C'est en Irlande qu'il faut tenter la

guerre, s'écria O'Mahony en invoquant Jésus-
Christ et la sainte Eglise romaine.

— Que pourrait faire l'Irlande sans l'E-
cosse? répondit Montross.

— En Ecosse ou en Irlande, la bataille
doit se donner forte et grande! ajouta Georges Barclay.

— Et faire triompher la cause royale!
dit Anna.

— Et comment quitter mes amis? s'é-
cria encore avec chaleur le duc de Berwick,
et vous, mon compagnon fidèle, en s'a-
dressant à Anna.

— Milord, reprit Anna les yeux pleins de
larmes, ce n'est pas la seule violence que

j'aie faite à mon âme pour le service de votre
maison; je ne puis plus rester avec vous; je
vous ai fait trop de tort : j'ai brisé votre
cœur..... et le mien.....; souvenez-vous de
milady Russell! La pensée s'exalte, quand il
s'agit d'une sainte cause et qu'on peut mourir pour elle. »

Le sein de la jeune fille battait avec
violence.

« Partez! Milord, partez sans nous, sans
moi! nous sommes ici utiles à la cause
royale; nos affections, nos souvenirs vous
suivront sur la terre d'exil; pour nous, il
nous faut le triomphe ou le tombeau! » Et
alors se reproduisit tout à coup à son esprit
ce rêve de fantômes au lit de feuilles du château de Russell, cet échafaud, cette couronne
de rose blanche qui couvrait sa tête, et la

pierre noire et sépulcrale de Westminster; et
ce souvenir ne lui inspira qu'un sourire,
sourire d'ange dont les ailes s'élèvent déjà
vers un monde de lumières et d'éternité!

« La pendaison ou une couronne, reprit Tom, joli avenir pour toi ou pour le
peuple! Si nous triomphons jamais, nous,
ce sera au moins pour la sainte république d'Angleterre et pour l'universalité des
suffrages! Si nous sommes pendus, alors...
alors...... rien ne sera compromis, cependant, et nous laisserons des amis et
des successeurs, car le peuple ne périt
pas.

— Tais-toi donc encore, vieux fou de république, dit Georges Barclay de mauvaise
humeur; il ne s'agit ni de tes amis, ni du
peuple, ni de l'universalité des suffrages,

mais du triomphe des Stuarts, ce qui ne te convient pas, sans doute. »

Pendant cette discussion, le duc de Berwick paraissait plongé dans les plus sérieuses réflexions; puis il se releva..... « Décidément je ne quitterai pas mes amis; je ne les exposerai pas seuls aux dangers; jacobites, nous mourrons les armes à la main.

— Allons, Milord, dit le comte de Montross, votre présence sur le continent peut opérer un grand bien à vos amis d'Angleterre, d'Écosse et d'Irlande; un débarquement de Français, nos vieux alliés, sera toujours accueilli et pourrait armer une si nombreuse population.

— Les Français, dit O'Donnel, sont courageux, mais si légers! ils nous ont perdus à

la Boyne ! Qu'on laisse seulement débarquer
les quatorze mille Irlandais au service de la
couronne de France ; voilà de beaux et dignes auxiliaires.

— Jamais les Irlandais dans notre pays,
dit un des klans qui assistait à cette conversation ; Irlandais et Ecossais ne peuvent coucher ensemble.

— Noble duc de Berwick, reprit Anna
toute colorée d'exaltation, le temps est
venu de nous séparer ! Dieu nous l'ordonne ;
il y a là un pressentiment qui me dit que
vous devez vivre pour la cause et la gloire
des Stuarts !

— Vous le voulez, dit le duc de Berwick,
eh bien, j'irai en France ; mais je ne vous
quitte que pour vous rejoindre avec des

secours prompts et efficaces ; il faut en finir.

— Vous nous retrouverez, Milord, à vos côtés ou au ciel ! » ajouta miss Anna d'une parole qui n'avait plus rien de la terre.

Tous les loyaux gentilshommes fléchirent un genou ; Tom seul resta couvert et debout ; le duc de Berwick les embrassa l'un après l'autre, et prit la direction de la côte sous la conduite de quelques fidèles montagnards ; le duc marchait de nuit, s'abritant dans des cabanes isolées, car dans tous les villages il y avait le signalement de James Stuart le proscrit ; la seconde nuit on arriva sur le rivage, et derrière de hauts rochers l'on aperçut le mât du corsaire malouin ; un signal au moyen de feux fut répété, et une légère chaloupe vint recueillir le duc de Berwick.

Combien les annales de l'héroïsme ne se fussent-elles pas enrichies de l'histoire de Saint-Malo, cité jetée sur l'Océan et qui vit les beaux faits d'armes des corsaires ! que de héros inconnus laissèrent de longues traces dans ces belles courses de mer, au milieu des vagues écumantes ! Le soldat peut acquérir un titre bien haut, un rang dans l'armée, le monde et l'histoire ; mais le matelot du corsaire, à quel genre de gloire peut-il prétendre ? quelle récompense va-t-il mériter ? et pourtant ce n'est faute ni de courage, ni de génie : voyez cette goëlette, frêle coquille hautement mâtée et qui disparaît comme engloutie sous chaque vague de la grande mer ; sur son bord et pressés comme une rangée de rames sont accroupis une myriade d'hommes au teint hâlé, aux yeux de feu ; ils ne choisissent point, pour sortir du port, le temps frais, la brise bienfaisante ; leur élément, c'est la tempête, le temps noir, l'orage menaçant; alors ils échappent aux croisières, passent à travers les hauts sabords des trois ponts comme l'oiseau de mer à travers les masses de rochers; et les voilà lancés au milieu des vagues, jouets de tous les élémens, l'œil toujours fixé sur l'horizon qui doit leur amener une riche proie; intrépides, ils s'élancent sur les plus gros navires, s'accrochent à leurs larges flancs et semblent se jouer de la hache et du crampon qui rebondissent sur leurs têtes.

Tel est le corsaire; et quels corsaires que ceux de Saint-Malo! Sous Louis xiv, plus de trois mille de ces braves loups de mer fatiguaient le commerce de l'Angleterre, pillaient les grands vaisseaux, multipliaient les prises, et le Roi, qui ne négligeait aucun service, qui courait après toutes les gloires, aimait à favoriser ces courses, lesquelles donnaient souvent de grands chefs d'escadre à sa marine; témoin Jean-Bart, d'héroïque mémoire!

Or, au temps des guerres de Guillaume avec la France, bon nombre de ces corsaires parcouraient les côtes d'Irlande et d'Ecosse, portaient des armes, des munitions aux insurgés; lorsque grondait la tempête et que le ciel se chargeait d'orage, le corsaire malouin se rapprochait des plages ennemies; il bravait les garde-côtes, opérait son débarquement malgré la surveillance, et c'est ainsi que les communications se continuaient avec les insurgés.

Quel aspect que celui d'un équipage de corsaire! Le capitaine vint recevoir le duc de Berwick, et un vent frais s'étant levé avec

le soleil, la petite coquille cingla vers les
rives de la France; lorsqu'on ne signalait
aucune voile, lorsque le temps était calme,
le brave capitaine contait au fils de Jacques
les grandes aventures de mer, les exploits
de Jean-Bart et de tant d'autres glorieux corsaires; et cela abrégeait les ennuis de la
navigation.

Quand on fut en vue de Saint-Malo, on
entendit le canon qui retentissait de cent
un coups, comme aux jours de fêtes et de
réjouissances, et l'on poussait partout sur le
rivage le cri de *vive la paix!*

La Paix de Ryswick.

———

Et le roi Jacques disait au P. Péters, dans une des sombres allées de Fontainebleau, forêt antique, où les cataractes du ciel ont déposé çà et là des roches de granite au milieu des arbres centenaires :

« Est-il possible? mon fidèle allié, le roi de
France, va reconnaître l'usurpateur de ma
couronne, Guillaume III de Hollande !

— J'ai rencontré le courrier de Saxe qui
en porte la nouvelle à la cour de Madrid;
la paix a été signée à Ryswick. De la résignation, Sire, Dieu vous accordera un ample
dédommagement.

— Voilà pourquoi, sans doute, reprit la
reine, le roi de France nous a relégués à
Fontainebleau !

— C'est de la politesse, ajouta le P. Péters : le roi de France n'a pas voulu que Vos
Majestés fussent témoins des fêtes de la
paix, d'une paix nécessaire; car la guerre
a coûté tant de sueurs et de sang aux peuples !

— Et croyez-vous, révérend Père, qu'une paix honteuse, et qui frappe le principe *jus divinum regis*, n'amoncèle pas plus de maux sur la tête des peuples? Je dois protester à la face du ciel contre cet acte; si les rois s'oublient, moi, malheureux et proscrit, je dois relever le sceptre qui se flétrit entre leurs mains. J'ai adressé mon manifeste à S. M. l'empereur. Au reste, je ne murmure pas; que la volonté de Dieu soit faite, mon Père, c'est encore une croix. »

Et le roi Jacques parcourait avec avidité une lettre qu'il venait de recevoir du supérieur de la Trappe.

« Qu'est-ce qu'une couronne terrestre et périssable, s'écria le P. Péters, à côté des couronnes du ciel!

— Est-ce pourtant ce que le roi de France m'avait promis et ce que M. de Lauzun avait juré? reprit la reine.

— Encore M. de Lauzun! dit le P. Péters à l'oreille de la princesse; il est des raisons, Madame, qui devraient à tout jamais vous interdire de prononcer ce nom. »

Et la reine rougit.

Le bruit de deux carrosses se fit entendre; l'on annonça M. de Torcy, secrétaire d'Etat au département des affaires étrangères; M. de Torcy paraissait péniblement affecté de la charge qu'il avait à remplir; il remit au roi d'Angleterre une lettre de Louis XIV où le roi de France expliquait lui-même et avec un soin infini les motifs qui avaient déterminé à signer la paix à Ryswick.

« Remerciez le roi de France, répondit Jacques avec un air fort résigné, de sa bienveillante communication; il y a long-temps que je suis habitué aux coups du sort; celui-là me frappe cruellement, mais je le subis en pénitence de mes péchés.

— Souvenez-vous qu'ils sont grands, Sire, ajouta tout bas le P. Péters; que de fautes et de crimes de concupiscence vous avez commis dans votre jeunesse! »

Ét Jacques poussa un profond soupir.

« Il a fallu des raisons d'Etat, des raisons invincibles, dit M. de Torcy, pour déterminer le roi mon maître à prendre une telle résolution; Votre Majesté ne doit point ignorer les impôts qui accablent la France, le besoin du repos qui pénètre tous les sujets du roi; la paix était indispensable, et les dépêches de M. de Harlay ont annoncé qu'elle ne pouvait être conclue qu'après la reconnaissance du roi Guillaume.

— Il ne fallait pas que le roi de France promît alors de défendre et de protéger nos droits à la couronne, dit la reine avec vivacité.

— Le roi mon maître a fait ce qu'il a pu, répliqua M. de Torcy; il a exposé ses flottes, fourni des armées; si d'imprudens conseillers n'avaient pas entraîné Sa Majesté le roi Jacques dans de fausses démarches, la couronne serait replacée sur sa tête; au reste, le roi mon maître a défendu la dignité et la légitimité de vos droits. Guillaume exigeait votre exil de Saint-Germain et du royaume; le roi l'a refusé, et n'a voulu traiter en aucune façon sur ce point : Votre Majesté sera tou-

jours dignement traitée en roi d'Angleterre,
elle ne recevra de dons que de la munifi-
cence de son allié. Le roi se réserve de
vous expliquer lui-même un article secret
du traité de Ryswick, d'une haute importance pour votre famille.

— Remerciez bien le roi de France, dit
Jacques en prenant la main de M. de Torcy :
tous les biens que j'ai reçus, je les tiens de
ses bontés; le mal m'a été envoyé par la
Providence pour me punir de mes péchés.

— Dignes paroles d'un roi catholique!
dit le P. Péters.

— Le roi mon maître viendra d'ailleurs,
je le répète, causer sur tous ces points avec
Votre Majesté avant de recevoir l'ambassadeur du prince d'Orange.

— Et quel est cet ambassadeur ? demanda Jacques avec curiosité.

— Le comte de Portland, Sire.

— Dites lord Bentink, un Hollandais; je présume assez bien des gentilshommes anglais pour croire qu'aucun d'eux ne voulût se charger de représenter le prince d'Orange auprès de la cour où réside le roi légitime d'Angleterre.

— Sire, les circonstances font les hommes, et Votre Majesté s'est accoutumée à tant de défections! répliqua M. de Torcy.

— Il n'y a de grand que Notre-Seigneur Jésus-Christ et d'infaillible que notre saint-père le pape, dit le P. Péters. Tous les mortels sont pécheurs.

— Et quels sont les gentilshommes attachés à l'ambassade?

— Lord Woodstock et lord Fitz-Gerald.

— Lord Fitz-Gerald, dit Jacques, le fils de celui que j'avais comblé de bienfaits!

— Deux Ladys suivent également la comtesse de Portland!

— Et lesquelles? répondit Jacques avec vivacité.

— Les ladys Furster et Arabella Russell.

— Encore lady Russell! la nièce de la bonne et respectable duchesse de Shrewsbury; encore lady Russell! qui déshonora

sa maison en dénonçant mon fils le duc
de Berwick! »

Et le palais de Fontainebleau retentit de
longues acclamations : « Voici le duc de
Berwick! »

En effet, le fils de Jacques II descendait
d'un mauvais cheval de poste et montait
précipitamment le grand escalier de Fontainebleau, monument historique de plus
d'une infortune!

« James! s'écria le roi en se précipitant
dans les bras du duc de Berwick.

— Le duc de Berwick! ajouta le P. Péters
à voix basse; ceci dérange mon plan : on
m'avait écrit cependant qu'il était près de
tomber dans les mains du prince d'Orange. »

La reine salua avec quelque contrainte le fils de l'intrigante milady Churchill.

La figure du duc de Berwick paraissait fort animée.

« Est-il vrai, Sire, que je n'arrive en France que pour apprendre la conclusion de la paix et que le prince d'Orange est reconnu?

— Il n'est que trop vrai, mon cher James, que Sa Majesté le roi de France a cru devoir traiter avec le prince d'Orange dans les intérêts de sa politique et de ses sujets; je ne puis l'en blâmer; je lui dois déjà tant de reconnaissance! »

Le duc de Berwick jeta son fouet de poste à terre, et le brisa :

« M. de Torcy, dit-il en s'adressant au ministre de Louis XIV, je n'ai et ne puis avoir que mon opinion personnelle; vous ne m'accuserez pas d'ambition; le sceptre ne peut toucher ma main; c'est dans l'intérêt des couronnes royales, dans l'intérêt surtout de ceux que je viens d'exposer aux hasards périlleux des complots, que je parle. Le roi de France est maître de sa volonté; qui conteste sa royale puissance? Il nous a secourus dans le malheur, mais il nous avait promis davantage; il avait dit : « Allez, et je vous seconderai. » Nous avons agi; plus de mille têtes puissantes sont dans le complot : le roi de France les livre à Guillaume III !

— Milord, les intérêts de la paix demandaient ce sacrifice; il fallait arrêter

le sang qui ne cessait de couler dans
d'inutiles querelles entre les deux peuples.

— Et vous croyez, M. de Torcy que cette
paix pourra avoir une longue durée ! vous
croyez qu'elle aura d'autres résultats que
de faire subir au roi de France une démarche qui humilie sa puissance et ternit
sa gloire !

— Arrêtez, Milord, s'écria M. de Torcy ;
je ne puis souffrir qu'on juge la politique
du roi mon maître.

— Du roi très-chrétien ! dit le P. Péters ;
confions-nous à la puissance de Jésus-Christ
et à Sa Majesté le roi de France ! S'il a cru
devoir reconnaître Guillaume III, c'est dans
l'intérêt de son peuple ; une restauration

lui a paru impossible : il faut laisser la volonté de Dieu s'accomplir !

— Une race de rois qui tombe sans vengeance porte un coup plus fâcheux à la puissance royale et à l'éclat de sa majesté que
quelques paroles enflammées, continua le duc
de Berwick ; M. de Torcy ! pas une seule
stipulation d'amnistie pour les malheureux
royalistes que le roi de France a encouragés
par ses promesses ; on les abandonne ! Et
que vont devenir les fidèles Ecossais, les
catholiques d'Irlande ? Vous parlez de la nécessité de la paix ; est-elle possible, est-elle
durable en présence d'intérêts si divers, si
hostiles ! Guillaume protége ceux que la
politique de Louis xiv a exilés ; ses armées
se peuplent de réfugiés ; ils sont à sa cour,
dans ses camps ; le roi de France nous protége, nous que Guillaume proscrit ; votre

paix sera une courte trève ; il ne restera de tout ceci qu'une honteuse concession, la reconnaissance d'un prince illégitime ! »

A ces mots de honteuses concessions, M. de Torcy se retira avec dignité.

« Mon fils, dit tout bas Jacques au duc de Berwick, vous vous laissez emporter : voilà M. de Torcy qui sort mécontent de nous tous.

— Eh qu'importe ! répondit le duc de Berwick. Quand on perd une couronne sans émotion, on peut perdre sans pleurs la protection d'un ministre ! »

Et le P. Péters tira le roi Jacques à part :

« Sire, souvenez-vous que vous avez un

grand devoir de royauté à remplir aujour-
d'hui. Ne devez-vous pas toucher les écrouelles à Saint-Cyr? Mme de Maintenon vous y
attend, et je dois y voir le Père de La
Chaise; nous aurons aussi le pieux spectacle d'*Esther* pour distraire un peu Votre
Majesté, après qu'elle aura visité la maladrerie.

— En effet, révérend Père; le roi d'Angleterre, le successeur de Saint-Édouard, ne
peut manquer à cette royale prérogative. »

Les Ecrouelles,

Esther à St-Cyr.

———

Mes filles soutenez votre reine éperdue !

Ainsi récitait une demoiselle toute mi-
gnone, revêtue d'une longue robe de soie,
soutenue par d'autres filles ; espiègles qu'elles
étaient, elles faisaient des grimaces à la pe-

tite reine qui se laissait pesamment tomber dans leurs bras.

Une femme maussade, embéguinée, leur disait tout bas :

« Taisez-vous donc, petites sottes, vous ne savez pas votre rôle. »

Et Esther continuait à débiter sa tirade, folâtrant avec Assuérus, jeune fille de quinze ans qui cherchait à prendre un air oriental et à copier l'ambassadeur de Perse que M. de Colbert avait fait venir autrefois d'Ispahan, aussi bien que les Suisses que l'on faisait alors venir d'Amiens.

« Savez-vous bien, mes filles, dit la vieille, que Sa Majesté le roi Jacques doit aujourd'hui nous visiter ?

— Et toucher les écrouelles à toutes ces femmes qui sont là-bas dans l'église, répondit Mlle de Lussan.

— Dites qu'il vient les guérir, selon le vœu des saints rois d'Irlande et d'Ecosse.

— Vous croyez, en effet, qu'il les guérit? Bon Jésus! tous ces pauvres ont déjà été touchés, et ils sont toujours dans les mêmes souffrances!

— C'est qu'ils étaient pécheurs.

— Nous aurons aussi Madame *.

— A propos, quel rôle fait donc Madame auprès du roi? s'écria une autre petite es-

* Mme de Maintenon.

piègle; elle ne le quitte pas, et pourtant
elle n'est pas reine.

— Oh! mon Dieu, que te dirai-je? j'ai lu
dans la belle histoire de M. Despréaux que le
roi a toujours eu une dame auprès de lui,
même du vivant de la reine; d'abord Mlle de
La Vallière, puis Mme de Montespan; c'est
comme Assuérus : il a eu plusieurs femmes
à la fois.

— C'est dans l'Ecriture, Mesdemoiselles.
Savez-vous pourtant que Madame est bien
rigide pour la vertu?

— Pas un seul gentilhomme n'entre à
Saint-Cyr; et c'est une chose si jolie qu'un
jeune gentilhomme!

— Cela vaudrait mieux que cette vieille

Majesté d'Angleterre et Madame si gron-
deuse, qui ne parle jamais que de salut,
d'hérésie et d'hérétiques.

— Ne dites rien du roi d'Angleterre; milord Henri est fort bien.

— Et le duc de Berwick également.

— Mais j'entends rouler une voiture; et
M. Racine nous a particulièrement recommandé de débiter avec chaleur cette longue
tirade qui m'ennuie tant :

Mes filles soutenez votre reine éperdue !
Je me meurs....... »

Le roi d'Angleterre entrait alors dans le
cloître, donnant la main à Mme de Main-

tenon qui s'appliquait avec un sourire ma-
jestueux les vers d'*Esther*.

Racine les suivait à quelque distance; le
grand poëte était pâle et presque sans pouls
depuis deux jours, car le roi ne lui parlait
plus. De quoi s'était mêlé Racine? il avait
fait entendre le cri du pauvre peuple et
parlé de réforme dans l'État! Il apportait
avec lui son grand prologue de *la Piété*,
figure mystique de Mme de Maintenon, et
comptait beaucoup pour reconquérir sa faveur sur ces deux vers :

> Le perfide intérèt, l'aveugle jalousie
> S'unissent contre toi pour l'affreuse hérésie.

Madame de Maintenon s'assit à côté de
la reine d'Angleterre, et les pension-
naires de Saint-Cyr récitèrent avec beau-

coup de gravité les beaux vers d'*Esther*.
L'une jouait le rôle de Mardochée, et avait
affublé d'une longue barbe son joli men-
ton; Mlle de Chevreuse faisait Assuérus
avec une majesté risible : il n'y avait pas
jusqu'aux petites eunuques qui ne fussent
très - bien affublées, quoique plusieurs
d'entre elles eussent demandé : « Qu'est-
ce donc, Madame, dans l'Écriture, qu'un
eunuque? »

La pièce fut bien dite, bien récitée; elle
avait été apprise pour distraire un peu le
roi d'Angleterre, qui se préparait à toucher
les écrouelles.

Vous eussiez vu dans la cour de Saint-Cyr
la foule des malades : le roi, appuyé sur
le P. Péters, passait dans les rangs de
ces débris de misères et d'hôpitaux, et

puis touchait de ses mains ces figures dif-
formes :

« Que Dieu et Saint Edouard-le-Confesseur
te guérissent! »

Et il leur donnait à chacun une livre de
pain béni à l'autel ; et la multitude hideuse
de cette maladrerie ou truanderie ambulante
poussait des cris de reconnaissance. Etrange
contraste avec les chœurs mélodieux d'*Esther* dans les dortoirs des jolies pension-
naires de Saint-Cyr!

L'Abdication.

—

Et le P. Péters suivait le roi, les yeux bais-
sés, avec un air tout humilié; il jetait vers
lui de temps à autre des regards d'encou-
ragement et de componction; on aurait cru
qu'il voulait lui dire : « Voilà vos véritables
fonctions royales. »

Quand la foule se fut un peu retirée, le
P. Péters conduisit le roi à part, comme s'il
avait quelque pieuse exhortation à lui faire;
et voici comment il s'exprima :

« Sire, que Dieu se montre miséricordieux
et grand envers vous !

— C'est vrai, révérend Père, pour moi,
humble pécheur.

— Que tous les biens de la terre sont pé-
rissables, Sire !

— Et qu'ils sont indignes du Ciel !

— Entre la couronne et le salut peut-il y
avoir à hésiter?

— *Amen*, révérend Père !

— Quand on a beaucoup péché dans
sa jeunesse, il faut de grandes expia-
tions; et que de saints rois ont quitté la
pourpre des cours pour la solitude du cloître! il y en a plusieurs exemples en Angleterre. »

Et le roi Jacques paraissait plongé dans
une méditation profonde; il jetait les yeux
sur un gros chapelet à l'image de saint
Ignace, qui pendait à sa ceinture, absorbé
sous une multitude de scapulaires.

« Vous avez déjà un pied dans notre
ordre, Sire; achevez l'œuvre sainte à la-
quelle Dieu vous appelle! vous avez tant
péché! Souvenez-vous de vos concupiscences,
de lady Churchill et des nombreuses concu-
bines qui ont souillé votre couche! Vous êtes
environné des fruits de ces unions illégitimes :

milord Henri, le duc de Berwick sont des reproches vivans ! »

Jacques, sanglotant, se frappait la poitrine et s'écriait :

« Miséricorde, Seigneur ! »

Péters s'était jeté à genoux et entonnait d'une voix lugubre le beau chant grégorien du *Miserere*.

Jacques l'avait imité et répondait à chaque verset : *Miserere mei, miserere mei.*

Le jésuite se leva, s'écriant d'une voix solennelle et comme d'inspiration :

« Sire, Dieu vous annonce qu'il faut abdiquer la couronne en faveur de Guillaume III, et suivre l'exemple du roi de France, en reconnaissant son pouvoir! »

Et alors Jacques se releva avec non moins d'énergie :

« JAMAIS! Cette couronne, je l'ai reçue de Dieu; elle ne m'appartient pas; je la transmettrai à mon fils le prince de Galles. Le duc d'Yorck, le compagnon de Condé et de Turenne ne se déshonorera pas par une lâcheté; mon bras est encore ferme pour l'épée; je saurai la tirer du fourreau, Dieu aidant, avec mes fidèles sujets d'Irlande, d'Écosse et d'Angleterre. »

Péters, un peu étonné de cette brusque réponse, craignant d'être découvert, reprit son air d'humilité et d'élancement :

« Que la volonté du Seigneur soit faite !

— Révérend Père, repondit Jacques avec une douce voix, je ne fais de reproches qu'à moi; vous avez rempli votre devoir : vous savez si j'aime votre ordre ; Dieu me fera la grâce d'y finir ma vie, mais avec la couronne sur ma tête; car je ne veux reconnaître de légitime successeur que mon fils.

— Votre fils légitime ! reprit Péters; hélas ! Sire, il m'en coûte de rappeler de tristes confessions ! M. de Lauzun ! la reine ! »

Et Péters se prosternant de nouveau, s'écria :

« Pardonnez-leur, Seigneur, car il y a dans cette race bien de la concupiscence ! »

Le roi continuait à s'entrenir saintement avec le P. Péters, lorsque Mme de Maintenon s'avança dans le parc pour déranger la pieuse conversation, et l'on continua la visite de Saint-Cyr, causant toujours *du salut*, des propositions de Jansenius, tandis que Racine, les larmes aux yeux, suppliait Madame d'obtenir pour lui un regard de Louis xiv; ce regard lui manquait « comme le soleil à la pauvre plante, qui naît froide et obscure tant que les rayons bienfaisans ne l'ont pas réchauffée. »

Concupiscence.

———

LA cérémonie étant finie, Mme de Maintenon ramena le roi Jacques dans son carrosse. Péters, monté sur une mule, suivait les allées de la forêt de Saint-Germain qui conduisent de Saint-Cyr au château. Au

fond d'une de ces vertes et sombres allées,
sur un gazon touffu et agité comme une
belle mer de printemps, une jeune femme
était couchée et paraissait endormie tout
auprès de son jeune alezan d'Angleterre,
qu'une élégante bride liait à un bouleau.
Une robe de crêpe noir la couvrait à
peine ; son bras blanc était posé sur sa
tête ; le vent, qui balançait sa chevelure,
se jouait de ses vêtemens riches et légers,
mais en désordre. A l'agitation de son
sein, à ses mouvemens rapides et pressés,
on pouvait deviner qu'elle était doulou-
reusement affectée d'un de ces rêves pé-
nibles, épisodes lugubres de la vie déjà si
triste !

Je ne sais si les longs sermons sur la concupiscence avaient réveillé d'amoureuses ar-
deurs, mais Péters se sentit tout de feu à

ce spectacle. Quelle bonne fortune, pour qui est soumis à une continence publique, qu'une femme endormie, et dans un lieu écarté! Tout voir, tout contempler à l'aise, et n'avoir besoin que de retenir son haleine et de marcher à petits pas! De tout voir à tout saisir, le passage est glissant; et déjà les yeux brillans de Péters détaillaient ce beau corps depuis le sommet de la tête jusqu'à la plante des pieds.

Vous souvenez-vous de l'Arioste, de cet ermite, enchanteur décrépit, qui endort Angélique pour salir ses appas de ce baiser amoureux d'un vieillard, semblable à la bave d'une limace sur une rose? Le désir sous une tête blanchie est comme le feu qui couve sous la neige : il éclate pour s'éteindre sous les flots de la première avalanche. Le père Péters s'avançait tou-

jours davantage : à la fin il imprime ses
lèvres flétries sur cette bouche haletante.
La jeune femme se réveille en sursaut et
s'écrie :

« Tu n'es pas James de Berwick ! »

Vous eussiez vu le pauvre Père Péters
confus, interdit; tout dans sa figure, dans
son vêtement, supposait du désordre; et
surtout ce costume de jésuite qui allait à la
situation comme ces madones toutes sur-
chargées de scapulaires, de chapelets aux
grains de verres, que les filles aux yeux
noirs de Tolède ou de Naples placent au
chevet du lit où elles sacrifient.

Arabella recula d'effroi en voyant cette
figure d'humilité qui s'effaçait dans les plis
de sa robe :

« Que me veux-tu, vieillard? qu'ai-je de
commun avec toi?»

Et le Père Péters, reprenant ses esprits,
lui dit :

« Madame , je recueillais les paroles
de votre âme; vous avez nommé le duc
de Berwick ! vous connaissez Son Altesse?»

Arabella, qui avait frémi d'indignation et
de mépris, se rapprocha à ce nom de Berwick :

« Si je le connais!

— Madame, le duc de Berwick est arrivé
hier au château, et demain il se promène à
cheval dans ces sombres allées.

— Dans ces allées! »

Et Arabella prit son front des deux mains, comme s'il lui pesait de remords et de pensées.

Péters avait deviné qu'il s'agissait d'une grande passion de l'âme; il avait épié et surpris ce secret.

« Et qui êtes-vous, Madame, pour vous intéresser au fils de Jacques ii ?

— Si vous voyez le duc de Berwick, dites-lui qu'Arabella, plus malheureuse que jamais, est encore sur ses pas! Qu'il se souvienne de sa trahison au château de Russell. Arabella n'a plus rien, ni honneur, ni pitié, ni larmes; elle a goûté du sang, et cela altère, vois-tu!

— Russell! dit Péters à voix basse; cela explique bien des événemens. »

Et le révérend jésuite se livrait à mille réflexions, tandis qu'Arabella, agitée, s'élançait comme par une convulsion sur son alezan, et s'éloignait à toute bride.

« Ceci, continua Péters, se lierait-il à la trahison de Russell à la bataille de la Hogue? Serait-ce cette Arabella qui aurait révélé le secret de cette défection? Un désespoir d'amour l'aurait-il entraînée? »

Savoir un secret était tout pour l'espion de Guillaume III.

Préoccupé de ces pensées, Péters s'avançait vers le château de Versailles, ce

jour-là animé de fanfares comme dans
un jour de fête. On voyait çà et là des
piqueurs à grande livrée; on avait marié le
drapeau britannique à la blanche couleur
de France; le murmure des grandes eaux se
mêlait à de délicieux concerts de musique,
et je crois même que la troupe de Molière
était invitée à jouer quelques uns de ces
intermèdes où chaque mot est un emblème
de la grandeur de Louis xiv, où le génie
peut à peine vous faire oublier ce vocabu-
laire de *glorieux*, de *victorieux*, qui retombe
à chaque vers sur votre admiration rassasiée.

L'Ambassadeur.

―――

« L'avez-vous vu, mon cher duc? il a tout-
à-fait bon air!

— On n'a pas de plus magnifiques ma-
nières, un plus bel équipage ; l'ordre de la

Jarretière lui sied à merveille : il est d'excellente maison ; son origine se mêle à celle des anciens comtes de Hollande !

— J'ai remarqué ses beaux chevaux de main ; ils sont de pure race anglaise, et Lauzun n'en a pas de meilleure encolure.

— Le roi veut que partout on l'accueille par de grandes et belles fêtes !

— Jamais ambassadeur n'a été reçu avec une si grande faveur !

— Savez-vous que le roi lui a donné à tenir le bougeoir à son coucher ?

— Et qui plus est, il l'a fait entrer dans la balustrade de son lit hier matin, le jour que Sa Majesté avait pris médecine.

— Il chasse demain au loup, à Meudon, avec Monseigneur.

— M. le Prince lui prépare une fête à Chantilly. »

Telles étaient les conversations de Versailles à l'occasion de l'arrivée du comte de Portland, ambassadeur extraordinaire du roi Guillaume III; ce n'était partout qu'engouement, qu'honneur à rendre au nouvel envoyé; les causeries de courtisans ne roulaient plus que sur milord Portland, sa bonne mine, ses largesses, ses équipages magnifiques; les seigneurs, prenant exemple sur le roi, se piquaient à l'envi de lui préparer de somptueux galas.

Vous connaissez le grand escalier qui de la belle et grande façade de Versailles vous conduit aux jardins, monotone et fastueux monument où tout vous peint la grandeur et l'ennui; de cet escalier descendait l'ambassadeur à la mode, milord Portland en équipage de chasse : larges bottes jaunes, chapeau à grandes plumes flottantes, fouet à la main; à ses côtés était M. de Torcy; tous deux causaient d'une manière fort animée à l'écart de tous les courtisans.

« La chose est impossible, disait M. de Torcy, je ne vous conseille pas, M. l'ambassadeur, de vous en ouvrir au roi; indépendamment d'un refus certain, vous pourriez, en insistant, mériter sa disgrâce et rendre ainsi votre ambassade fort pénible et fort ennuyeuse; le roi pourrait vous défendre la cour et ne plus vous recevoir qu'en audience particulière et pour affaires.

— Cependant, M. de Torcy, le roi mon maître trouverait un nouveau gage d'amitié et d'intimité entre les deux couronnes par cette concession ; je n'insisterai pas pour que le prétendant soit renvoyé de France ; mais on pourrait le reléguer dans quelques provinces plus éloignées du théâtre politique, et délivrer ainsi l'Angleterre des intrigues que les jacobites font jouer depuis l'avènement de Guillaume III.

— N'insistez pas, M. l'ambassadeur ; je connais le roi : ses opinions sont bien arrêtées sur ce point, et rien ne pourra l'en faire changer. Il croit son honneur engagé à protéger une royauté malheureuse.

— Malheureuse, sans doute, mais intrigante et toujours prête à troubler l'Angleterre ! »

Et l'on entendait le bruit du cor dans la vaste cour du château de Versailles, d'élégans équipages, des dames à cheval; toute cette troupe s'était réunie autour de l'ambassadeur; la chasse se dirigea du côté de la forêt de Saint-Germain, où d'épais taillis et d'impénétrables sentiers protégeaient le loup, le sanglier et le cerf agile.

L'intention du comte de Portland était de demander, en passant, à M. de La Rochefoucauld, grand veneur, la meute royale de Saint-Germain que l'ambassadeur désirait connaître et essayer. Lord Fitz-Gerald se chargea d'en faire la demande à M. de La Rochefoucauld, vieillard inflexible.

« Faites-moi l'honneur de dire à Milord, répondit M. de La Rochefoucauld, que la meute royale de Saint-Germain est à la dis-

position, mais à la seule disposition de Sa
Majesté Jacques ii, roi d'Angleterre, d'Ecosse
et d'Irlande, et pas au service d'aucun
autre.» Et comme si la brave meute avait
voulu protester contre l'usurpation, Taillot
et Fanfarot firent entendre leur jappement
de joie.

Lord Portland fut profondément blessé de
ce refus; que pouvait-il contre ce sentiment
d'honneur et de loyauté de gentilhomme?
M. de Noailles offrit la propre meute de ses
beaux domaines autour de Versailles, qu'il
avait acquis par son mariage avec Mlle d'Au-
bigné; et l'on arriva ainsi au rendez-vous
de chasse de la forêt.

Avez-vous assisté quelquefois à ces vastes
chasses où se déploie le luxe brillant des
grandes maisons? Ces chiens de piste et

d'arrêt, ces troupes de valets de pied à
livrée d'or, ces piqueurs galonnés, ces
beaux chevaux de main, ces calèches relui-
santes; et puis la Saint-Hubert, réjouissante
fanfare; ce mouvement extraordinaire dans la
forêt silencieuse, tout cela fait bondir le cœur,
exalte les têtes, jusqu'à ce bon déjeuner des
rendez-vous de chasse où les pâtés de gibier
croulent, démolis par les voraces appétits
des chasseurs.

Il y avait donc grand fracas, et le roi
Jacques, de son château de Saint-Germain,
voyait ce mouvement sans comprendre qui
pouvait chasser ainsi dans la forêt royale.
Un de ses officiers vint lui annoncer que
tout cet appareil était pour l'honneur de
lord Portland et des gentilshommes anglais
à la suite de l'ambassade du prince d'Orange
auprès du roi de France.

C'était une habitude de Jacques ii, toutes
les fois qu'il voyait des gentilshommes anglais, de s'approcher d'eux, de les interroger; il avait un goût décidé de prosély-
tisme en politique comme en religion; il
monta donc à cheval, suivi du duc de Berwick, et se dirigea du côté de la forêt. Dès
qu'il apercevait un Anglais de distinction, il
cherchait à lui parler; mais tous avaient reçu
l'ordre de l'éviter, et quand ils le reconnais-
saient, ils s'empressaient d'obéir en le fuyant.
Cependant lord Fitz-Gerald, trop jeune pour
avoir connu Jacques en Angleterre, se
laissa approcher, et le roi commença ainsi
à causer.

« Cette forêt est propice pour la chasse,
Milord; mais vous souvenez-vous de Wod-
stook et des grands bois de Cantor-
bery ?

— Oui, Monsieur, l'Angleterre ne cède rien aux plus belles forêts de France.

— L'Angleterre ne cède pour rien à la France! dit le roi Jacques avec chaleur, et je donnerais tout ce que je possède encore de vie pour quelques heures d'existence dans les Trois-Royaumes. »

Lord Fitz-Gerald le prenant pour un réfugié lui dit :

« Une amnistie va être proclamée à la suite de la paix de Ryswick, et pourquoi n'en profiteriez-vous pas, si l'Angleterre vous est si chère?

— Une amnistie de Guillaume! vous n'y pensez pas, Milord : je me résigne à la volonté du Seigneur; mais demander pardon! je suis trop fier gentilhomme pour cela. »

Le roi Jacques prononça ces mots avec tant de dignité que lord Fitz-Gerald soupçonna à qui il parlait.

« Qui êtes-vous donc? s'écria-t-il avec un air de respect qui semblait deviner la réponse.

—Votre père me connaissait bien, Milord; vous portez ses traits sur votre physionomie; il me devait un peu sa fortune, et ne l'avais-je pas élevé au titre de lord chambellan! »

En entendant ces paroles, Fitz-Gerald descendit de cheval, mit un genou en terre : telle était alors la puissance de la royauté, même déchue, sur le cœur des gentilshommes.

« Les ordres sont précis, Sire; il faut que je m'éloigne; la fortune m'a jeté dans une cause opposée; je dois la servir avec honneur et loyauté; que Votre Majesté me pardonne, Sire, si je ne puis rien pour son service.

— Servir l'Angleterre, dit Jacques, c'est me servir moi-même. Allez. »

Et lord Fitz-Gerald s'éloigna au pas de course.

Pendant ce temps le duc de Berwick s'était élancé dans la forêt, suivant les sentiers divers, pour voir, s'il était possible, ce comte de Portland dont le nom retentissait à Saint-Germain comme à Versailles. Tandis qu'il prenait la direction du rendez-vous de chasse, au détour d'une allée, il aperçoit une femme à cheval; elle portait en noir un de ces costumes d'amazone que les maîtresses de Charles II avaient introduit à la cour. Sous un chapeau orné de plumes sombres, on apercevait une de ces physionomies altérées par le chagrin, et qui cherchent vainement des dissipations dans un monde bruyant et futile; il y avait dans ses yeux je ne sais quoi d'égaré et de triste; elle avait pénétré dans le plus épais de la forêt comme pour se dérober à une joie de cour qui produisait sur son âme l'effet d'une musique éclatante sur la tête d'un malade; cette femme jeta ses regards sur le cavalier qui s'approchait, et d'un ton de voix funèbre elle s'écria :

« Enfin je te retrouve, duc de Berwick ! »

Explication.

Il y a quelque chose qui émeut profondément après les grands orages de la vie,
c'est de retrouver dans une rencontre inat-
tendue l'objet d'une passion puissante : qu'on

s'imagine donc le duc de Berwick en face de
lady Arabella Russell; cette femme qu'il aimait, et pourtant sa persécutrice, attachée à
ses pas comme le bourreau de Séville, bien
paré de sa crépine rose, à la tête d'un malheureux libéralès.

« Vous ici, Arabella?

— Oui, partout sur tes pas! Il est un
dernier défi que je porte à ta vie; seras-tu
aussi lâche que tu as été traître à tes sermens sur la couche adultère d'une femme?»
Elle jeta à ses pieds un gros pistolet d'arçon,
et saisit l'autre comme pour commencer
un combat à armes égales : « Allons,
James, un peu de courage; prends encore
ce qui me reste de cette triste existence!

— Milady, écoutez-moi!

— Va ! je suis bien vengée, dit-elle avec un de ces sourires de femme jalouse et satisfaite par le sang, et je te dois réparation : la dynastie de ton père ne règne plus; puis je t'ai dénoncé; j'ai gagné, bien gagné la prime de dix mille livres; à la Hogue, c'est moi qui rappelai dans le cœur de quelques traîtres l'honneur national qu'ils oubliaient, et ce fut ton image encore que je poursuivais ! Maintenant te voilà fugitif, mendiant quelques secours étrangers; c'est par mes efforts que la paix de Ryswick a été précipitée : la France a reconnu Guillaume, grâce à M. de Harlai que j'ai su mettre dans mes intérêts; quand on s'est prostituée une fois, n'est-ce pas, James, que coûte-t-il de se prostituer mille pour se venger de celui qui vous rend criminelle et flétrit votre vie ! »

Le duc de Berwick restait comme interdit
devant cette femme.

« Eh quoi! Arabella, les malheurs de
la maison des Stuarts sont en partie votre ouvrage? Votre haine a servi la fatalité !

— N'as-tu pas causé tous les miens?
n'as-tu pas déchiré comme à plaisir ce cœur
et cette tête ?

— Arabella, la jalousie vous égare.

— Non, ne l'ai-je pas vu de mes yeux,
peut-être?

— Qui! Anna Perkins ?

— Anna Perkins! la concubine!

— Son dévouement, son dévouement seul l'attachait à ma personne, c'était une fidélité de race, un sentiment tout politique.

— Et voilà pourquoi elle suivait vos pas? voilà pourquoi elle restait dans tes bras, la misérable?

— Milady, parlez avec respect du plus noble, du plus saint, du plus pur des caractères; Anna, vierge du corps et du cœur, se dévouait aux seuls Stuarts et à aucun autre; une triste fatalité m'a seule empêché de vous l'expliquer; je le jure sur l'honneur de ma race.

— Qu'ai-je donc fait, barbare que je suis! s'écria Arabella déchirant ses vêtemens, et saisissant son arme comme pour en finir avec la douleur; car ce n'est pas toi

que j'ai seulement persécuté, mais encore
elle !...

— Juste ciel ! qu'avez-vous, Milady ? une
pâleur de mort couvre votre front.

— Duc de Berwick, vous n'aimiez donc
pas Anna Perkins ?

— Jamais, Milady, un tel sentiment n'est
entré dans mon cœur ; Anna était trop
chaste : elle me suivait comme une bannière, comme l'image des Stuarts que sa famille défendait par le sang !

— Qu'ai-je donc fait, juste ciel ! vie épouvantable, fatalité, malheur ! répéta milady
Russell ; Anna Perkins !...

— Eh bien, Anna Perkins ?

— Elle n'existe plus! elle est montée courageuse sur l'échafaud!... est-ce assez d'horreur?

— Anna, jeune héroïne, n'existe plus! et comment ton nom, malheureuse, s'est-il mêlé à ce crime?

— Ecoute : tu sais quand tu me laissas mourante au milieu de l'incendie; je sus, à n'en pas douter, que tu étais réfugié en Écosse, toujours avec cette femme que j'abhorrais; le nom de Berwick était prononcé avec horreur, depuis la catastrophe du palais surtout, et une proclamation du conseil ordonnait de te courir sus. J'appris à Guillaume que tu étais en Écosse; des ordres furent expédiés pour t'arrêter, toi et tes complices, et avec eux ce Tom le Machabée, d'infernal souvenir, qu'on disait gagné à ton parti ; quand les ordres arrivèrent , tu avais quitté l'Écosse; on ne trouva plus que Barclay, Tom et Anna Perkins. Que dirais-je encore? tous trois furent jugés par la cour et déclarés coupables. Je m'en souviens; c'était la veille du jour où je quittai l'Angleterre avec Portland; un échafaud était dressé devant le palais; et sur les ruines encore fumantes , il y avait écrits ces mots qui me reviennent à la mémoire comme en lettres de feu : *Anna Perkins coupable de haute trahison et d'incendie.* A trois heures je vis s'avancer les condamnés, car il faut te dire que je portais la cruauté jusquà ce point d'assister aux dernières pulsations des victimes; Anna était calme et belle; ses cheveux noirs tombaient épars sur ses épaules; le peuple paraissait s'attendrir; moi seule je contemplais sans pitié cette belle proie du bourreau! A ses

côtés Georges Barclay riait, chantait comme
un franc et joyeux cavalier; Tom récitait les
imprécations de Samuel contre les rois, et
s'écriait de temps à autre : « Peuple stupide!
« tu viens voir comment les tyrans mangent
« les têtes humaines! » Tu frémis, James? ce
n'est pas tout. Le bourreau s'empara des vêtemens d'Anna, et posa sa tête sur le billot;
je ne sais si mon imagination jalouse me
créait des fantômes ou si c'est réalité, la jeune
fille semblait appeler ton nom et l'invo-
quer! ce nom fut sa dernière parole, et sa
tête roula par terre au pied de l'échafaud!...
Te dirais-je une dernière vengeance? eh
bien, je trempai un mouchoir dans son sang
pour te l'envoyer... Ce mouchoir, le voilà!
ajouta lady Arabella Russell, pâle, échevelée, les yeux égarés.

— Horreur!! s'écria le duc de Berwick.

— Trois fois horreur et malédictions »! répéta lady Arabella Russell en se roulant dans la poussière.

Et l'on entendit au loin un bruit de chevaux; le duc de Berwick releva Milady Russell, l'assit au pied d'un arbre. Alors un piqueur passa annonçant l'arrivée de sa seigneurie le comte de Portland.

Et les fanfares proclamaient que le cerf était forcé; et la foule des courtisans se pressait dans le rendez-vous de chasse.

« Ce n'est point tout, ce n'est point tout, disait M. de Torcy tout plein de joie; le roi mon maître veut conduire Milord au camp de Compiègne. »

Et lord Bentinck répondait par un gra-

cieux sourire qu'il serait très-heureux de voir
les escadrons des gentilshommes français.

« Au camp de Compiègne, au camp de
Compiègne » ! répondirent les courtisans
qui suivaient la chasse ; et les chevaux de
poste furent préparés pour le départ.

L'Hérédité.

Tandis que tout retentissait à Saint-Germain du nom de Portland, un simple carrosse de ville, à deux chevaux, pénétrait dans la cour du château ; quelques gardes-du-corps de la compagnie écossaise l'en-

touraient aux portières, où reluisaient les
fleurs de lis d'or.

Toutes les portes s'ouvraient avec fracas
au nom de S. M. le roi de France, et Jacques II descendait le grand escalier pour recevoir la visite de son bon frère et fidèle
allié.

Louis XIV s'avança, fit signe qu'il voulait
être seul avec le roi d'Angleterre, tira vers
lui un fauteuil, et les deux princes se cou-
vrirent.

« Torcy a dû expliquer à Votre Majesté,
dit le roi de France, les circonstances impé-
rieuses qui m'ont forcé au traité de Ryswick. Mes armes avaient été heureuses, mais
mon peuple était épuisé ; un cri puissant s'est
fait entendre pour la paix ; je n'écoutais

à ma cour, dans la chaire, que des plaintes contre les maux de la guerre et les conquêtes entreprises pour l'éclat de cette couronne; on m'accusait de tout sacrifier à une vaine gloire; la famine désolait le royaume; les mémoires de mes intendans peignaient sous les plus noires couleurs l'état des finances dans les provinces. Tous mes ministres m'ont conseillé la paix; je l'ai souscrite et ratifiée contre mon cœur; j'éprouvais le besoin de me justifier et de la justifier à vos yeux.

— Je dois trop à Votre Majesté pour qu'il me soit permis de juger sa politique dans cette circonstance, répondit Jacques.

— Vous pouvez la juger, Sire, reprit Louis xiv, car je la condamne au fond de mon cœur; Votre Majesté croit-elle que je ne sente pas une profonde douleur du sacrifice de principe que j'ai fait à Ryswick?

— Cette paix, en effet, ébranle toutes les couronnes, car la reconnaissance du prince d'Orange est contre le droit. J'ai bien étudié la question des prérogatives royales; le traité de Ryswick les détruit toutes; désormais ce ne seront plus les rois qui régneront, mais les parlemens.

— Et qui le sent plus vivement que moi! reprit Louis XIV; il faudra une main de fer pour arrêter ce mouvement de résistance populaire : on jette l'Etat dans des périls infinis; mais on m'en a fait une nécessité, j'ai dû la subir.

— Votre Majesté n'échappera point à la guerre, continua Jacques; Ryswick n'est

qu'une trève ; les haines subsistent. Souvenez-vous, Sire, qu'un des grands griefs
qu'on m'a opposés au parlement, c'est mon
alliance avec Votre Majesté. La famille des
Stuarts seule pouvait maintenir l'union
entre les deux couronnes; la révolution
qui porte Guillaume sur le trône est l'expression d'une antipathie nationale , et
contre votre pouvoir et contre votre
peuple !

— J'ai prévu cet avenir, Sire, et c'est à
ce sujet que je viens vous communiquer
un article secret du traité de Ryswick, qui
a besoin de la ratification de Votre Majesté.
Lisez, Sire, et jugez avec maturité et sa-
gesse la condition qu'il impose dans l'intérêt de votre race. »

Et Jacques prit le parchemin, le par-

courut, le rendit avec respect au roi de
France : « Ceci n'est pas possible, parce que
c'est contre le droit; Votre Majesté ne vou-
drait pas m'y condamner. Le prince de
Galles ne peut succéder au trône qu'à
ma mort; je le répète, *nemo hæres vi-
ventis*. Ma vie ne sera pas éternelle; c'est
un peu de temps à attendre.

— Et pourtant cet arrangement conserve
les principes, et les concilie avec les faits;
Guillaume y a consenti; il ne garde la couronne que pour son règne, et la rend ensuite à votre héritier.

— Les principes, Sire! mais ne sont-ils pas
tous violés par l'usurpateur qui ne restitue
pas la couronne à son roi? Votre Majesté
pourrait-elle jamais reconnaître l'usurpation
de Monsieur, parce que celui-ci s'engagerait

à rendre la couronne après sa mort à Monseigneur * ?

— Cependant il faut tenir compte de la
nécessité; Votre Majesté peut par sa persi-
stance consolider à tout jamais sa couronne
dans des mains étrangères.

— Qu'importe! je conserverai au moins
dans toute son intégrité un grand principe,
sauve-garde des rois; ce ne sera pas Jacques,
souverain catholique des trois royaumes, qui
reconnaîtra un usurpateur hérétique; il est
quelquefois nécessaire, Sire, que l'exemple
de fermeté vienne du malheur.

— Mais, répliqua Louis xiv, une abdica-

---

* C'est ainsi qu'on nommait le dauphin ou héritier de la
couronne de France.

tion est un acte de volonté; elle légitime le droit d'un autre.

— Et pourquoi abdiquerais-je? Ai-je manqué à mon peuple? n'ai-je plus la force de supporter la couronne? l'exil m'a-t-il ôté le droit et la puissance?

— Non, Sire, reprit le roi de France, et c'est pourquoi à côté de l'arrangement que je vous proposais pour le prince de Galles, j'avais chargé Pompone de vous communiquer d'autres dépêches aussi importantes; je puis offrir à Votre Majesté le trône de Pologne; il dépend de moi de la faire élire; elle régnera là sur un peuple de catholiques et sur une vaillante nation.

— Je remercie Votre Majesté de toutes ses bontés pour moi, reprit Jacques, mais je ne

puis porter d'autre couronne que celle
qui m'appartient par le droit légitime. J'estime les Polonais; mais le peuple anglais est
le mien. Ce n'est point à un trône et à une
vaine pourpre que je vise. Votre Majesté sait
mieux que personne combien le pouvoir est
pesant, et quels sont ses soucis; je veux
conserver intact le principe de l'hérédité
que les rois voient de toute part s'ébranler.
Dans l'exil comme en Angleterre, le prince
de Galles ne me succédera qu'à ma mort;
car s'il en était autrement, ce serait reconnaître la souveraineté du parlement à mon
préjudice : je ne peux le souffrir. »

Puis il ajouta d'un air ironique : « Et
ce Guillaume qui prétendait n'être venu en
Angleterre que pour la délivrer de l'oppression, qui a fait faire des pamphlets contre
la légitime naissance du prince de Galles !

comment pourrait-il justifier ce nouvel
arrangement en faveur de mon fils? Homme
sans parole et sans pudeur, il se ploie à
toutes les circonstances; je veux lui mon-
trer en face un prince fidèle à sa foi et à
la hauteur de sa dignité. Sire, la nécessité
vous a commandé le traité de Ryswick; je
ne le discuterai pas; je le subirai comme
vous; mais que Votre Majesté se souvienne
bien que parmi tous les sacrifices que la
guerre lui a imposés, celui-là est le plus
grand, celui qui retentira le plus dans la
postérité. La révolution de 1688, par cela
même qu'elle a créé un ordre dans un désordre, une légitimité dans l'usurpation,
attaque dans son essence la ligne régulière.
Les rois qui portent encore couronne sont
aveugles, s'ils ne voient pas que le diadème
n'a plus l'éclat de ses feux et de ses prestiges,
et qu'il peut toujours y avoir un parent au-

près du trône pour s'en saisir avec le moins de bruit et de dérangement possible, à l'aide d'une majorité corrompue de son parlement ou d'une populace égarée. »

Et Louis xiv serrant encore fortement la main du roi Jacques, lui dit : « Je vois comme vous, mais ce n'est pas moi qui ai voulu le traité de Ryswick; ce sont mes ministres et mon peuple ! »

Le Camp de Compiègne.

Louis XIV, renonçant à l'éclat des batailles, voulut se consoler dans la splendeur d'un camp ; le maréchal de Boufflers reçut l'ordre de réunir quatre-vingt mille hommes de toutes armes à Compiègne ; le roi semblait

ainsi dire à l'étranger : « Si je ne fais pas la
guerre, ce n'est pas que les moyens me man-
quent, mais l'Europe doit la paix à ma modération ; » c'était encore de la vanité, une
traduction du *nec pluribus impar.*

Avez-vous quelques souvenirs de Compiègne, royale demeure avec ses beaux bois,
ses vastes plaines coupées de ravins, ses petites hauteurs qui varient et forment admi-
rablement un champ de bataille? Eh bien,
imaginez-vous cette grande plaine toute
remplie de troupes; les dragons avec leurs
hauts bonnets, leur culotte de peau, leurs
habits longs et pendans; M. de Tessé,
colonel-général, honteux d'une grande més-
aventure. C'était une espièglerie de M. de
Lauzun; il avait persuadé à M. de Tessé
qu'une des prérogatives de sa charge de colonel-général des dragons, était de porter un

chapeau gris lorsque le roi passait la revue
de ses troupes; or, Louis XIV avait dit en le
voyant ainsi accoutré : « Tessé, envoyez votre
chapeau au général des moines Prémon-
trés; » et Tessé était encore tout rouge de ce
mot qui avait circulé parmi les courtisans.
Puis, venaient vingt régimens d'infanterie,
avec les couleurs distinctives d'orange, violet,
vert et bleu , le chapeau à cornes, les mous-
taches à crochets; l'artillerie avec ses grosses
pièces immobiles sur leurs affûts; mille pa-
villons et tentes , devant lesquels chaque officier avait déployé tant de luxe ! Les colo-
nels s'étaient endettés, les pauvres capitaines
ruinés. Louis XIV avait dit : « Je veux que
mes troupes soient belles »; et que n'a-
vait-on fait pour que le roi fût content!
tous les uniformes étaient neufs , les brandebourgs d'or et d'argent renouvelés; Mme la
duchesse de Bourgogne aimait les beaux

uniformes. M. de Boufflers avait pourvu à
tout avec une profusion merveilleuse; on ne
voyait que tables pleines de mets délicats,
servies avec un soin et une attention plus
délicats encore.

C'était vers quatre heures du soir, au mois
de septembre; les troupes étaient rangées en
bataille par divisions; le roi voulait donner
le spectacle de la guerre à Mme de Maintenon :
voici le singulier tableau que présentait
le groupe royal, et tous les courtisans en
étaient plus préoccupés que du camp de
Compiègne; Mme de Maintenon se tenait dans
sa chaise; le roi debout, appuyé tout auprès
des glaces; Mme la duchesse de Bourgogne,
assise sur le bâton de devant, faisait des signes d'intelligence à Mme de Maintenon, qui
lui répondait également par signes sans ouvrir les stores de sa chaise. Le roi n'avait

d'attention que pour la favorite ; il ne cau-
sait qu'avec elle ou avec quelques officiers
pour donner ses ordres ; Mme de Maintenon
baissait les vitres de deux pouces toutes les
fois que le roi lui parlait ; souvent Sa Majesté
était obligée de frapper à la glace pour se
faire ouvrir. A côté de Louis XIV était Jacques II, également debout ; pâle, fatigué,
il paraissait regarder avec une attention
triste ces belles troupes, et particulièrement
le corps d'infanterie irlandaise et écossaise
qui brillait au milieu de tous les autres dans
la plaine. A quelques pas derrière les deux
rois se trouvaient les ducs et pairs, les cordons bleus, chuchotant tout bas sur l'atti-
tude de Louis XIV, sur ses prévenances pour
Mme de Maintenon, et sur ce petit manége
de conversation qui devait lui casser les
reins ; il n'y avait d'yeux que pour Madame ;
à quel degré de faveur n'était-elle pas

montée! Le comte de Portland s'était con-
fondu dans la foule pour n'être pas aperçu
du roi Jacques.

Sur le côté droit de la plaine se trouvait, à la tête de sa compagnie, le brave
capitaine Ogilvie, revenu naguère des bords
du Rhin; sa longue rapière en main,
il attendait les ordres pour les grandes
manœuvres. Le mouvement des troupes
s'était un instant arrêté, et deux Écossais
vêtus de bleu, à brandebourgs blancs, ap-
puyés sur leur longue carabine, causaient
avec leur capitaine.

« Ma foi, voilà de bons et braves camarades !

— Belles troupes en effet, mais à quoi
servent-elles?

— A quoi servons-nous? reprit Ogilvie.

— Mieux vaudrait les voir se déployer sur la Boyne, ou planter le drapeau du roi sur les montagnes de nos klans.

« Pour ne plus la revoir, ma belle, pour ne plus la revoir. »

— Silence, camarades ; ne voyez-vous pas le roi Jacques et le duc de Berwick qui s'approchent pour passer la revue de notre brave troupe ?

— Silence ! » reprit le colonel Dundee ; et les deux soldats rendirent les honneurs militaires au roi de la Grande-Bretagne, qui marchait souffrant, soutenu sur le bras de son fils.

Tout le corps irlandais, la belle compagnie écossaise, étaient réunis dans leur brillant costume, et le duc de Berwick se mit à leur tête pour défiler devant le roi Jacques, qui saluait courtoisement le moindre soldat, l'appelait par son nom, disant tout bas :

« Le P. Péters a raison, il faut que Dieu « s'oppose dans sa providence à la restaura- « tion du trône d'Angleterre, car avec de « telles troupes ne devrais-je pas être à louer « le Seigneur dans la cathédrale de Saint- « Paul ! Mais qu'est-ce qu'un trône ici-bas, « auprès de la couronne céleste ! »

— Dix mille deux cent cinquante Irlandais tout compté, dit le duc de Berwick, et huit cent soixante-dix Écossais, y compris la compagnie des gardes ; en voilà assez pour remuer Guillaume et tous ses orangistes.

— Sans doute, répondit le vicomte de Dundee, mais avec un roi qui se donne en spectacle aux genoux d'une vieille femme, que peut-on espérer? »

Et le vicomte de Dundee regardait fixement Louis xiv, qui continuait son petit manége avec Mme de Maintenon, ouvrant et refermant les glaces de la chaise pour lui expliquer les mouvemens de l'armée.

« Ils sont légitimement mariés aux yeux de l'Église, dit le roi Jacques avec assez de vivacité; le révérend P. de La Chaise l'a affirmé au P. Péters; la reine d'Angleterre ne serait pas sans cela à ses côtés.

— Votre Majesté m'expliquerait-elle alors comment, avec de si belles troupes, le roi de France a pu signer la paix humiliante de Ryswick ?

— Que voulez-vous, Dundee, les secrets de la Providence l'ont ainsi ordonné ; n'allez pas contre la volonté suprême ; Dieu ne veut pas qu'on le pénètre.

— Il y a quelque chose de plus que cela ; on parle d'une Anglaise qui a séduit M. de Harlai, et a fortifié la haine qu'il porte à la cause de Votre Majesté.

— M. de Harlai, je dois le dire, n'a jamais été pour nous ; le Seigneur, qui pénètre dans les cœurs et *sonde les reins*, peut seul expliquer cette antipathie. »

Le duc de Berwick s'était alors éloigné, et passait sur le front de la ligne.

« Mais qu'ai-je donc fait à cette Anglaise pour ainsi me poursuivre? répliqua le roi.

— Je l'ignore.

— Et le nom de cette femme?

— Elle est déjà tristement connue de Votre Majesté; c'est milady Arabella Russell!

— Encore milady Russell! il y a là un mystère inexplicable; n'est-ce pas elle qui vous dénonça à Guillaume? dit le roi en rappelant le duc de Berwick.

— De qui parlez-vous, Sire?

— De milady Russell. »

Et la rougeur éclata sur le front du duc de Berwick :

« Arabella ! N'entendrais-je jamais que ce nom-là !!!

— Certes, il est bien fait pour exciter votre indignation, Milord, continua Dundee, et si jamais la bonne cause triomphe, il faut exterminer jusqu'à la dernière trace de la famille des Russell, à laquelle elle s'est unie.

— Et confisquer ses biens au profit de l'Église catholique, ajouta le roi Jacques, en expiation de tant de péchés.

— Qui sait ? reprit le duc de Berwick avec chaleur, peut-être cette femme a-t-elle quelque motif légitime pour détester la race des Stuarts.

— Fanatisme politique, aveugle dévouement pour la défunte princesse Marie et
pour Guillaume, dont elle ne quitte pas la
cour, dit le vicomte de Dundee.

— Et rien de plus élevé? répliqua le duc
de Berwick.

— Impossible, s'écria l'Ecossais : la dénonciation est toujours une démarche basse,
ignoble.

— Et si cette femme était jalouse, et peut-
être justement indignée? si l'égarement
d'une passion terrible l'a entraînée?

— Vous êtes généreux, duc de Berwick,
vous défendez celle qui vous livra!...

— Dundee, l'action qui vient du cœur

peut être criminelle, elle n'est jamais basse ou ignoble.

— Toute passion doit être réprimée, mon fils, reprit le roi Jacques avec une expression d'humilité religieuse; et je n'ai eu que trop de passions dans ma jeunesse : je les expie aujourd'hui. Je vous engage à écouter sur ce point les saintes exhortations du P. Péters.

— Encore Péters, toujours Péters, dit le duc de Berwick; je soupçonne quelque arrière-pensée dans ces beaux renoncemens aux grandeurs humaines dont il nous entretient. Si Guillaume le paie pour cela, il joue bien son rôle !

— Quelle idée, mon fils ! s'écria Jacques en faisant un grand signe de croix; le démon seul a pu vous l'inspirer ! »

Le roi d'Angleterre se rapprocha du groupe
où se tenait Louis xiv.

« Et sait-on, Dundee, continua le duc
de Berwick avec inquiétude, ce qu'est de-
venue Arabella Russell ?

— Après avoir en quelque sorte bravé Sa
Majesté jusque dans son exil, la misérable
est aujourd'hui disparue, et l'on ignore quelle
cause l'a fait ainsi fuir, sans indiquer sa retraite.

— Arabella a disparu ! s'écria le duc de
Berwick : où la fatalité a-t-elle pu l'entraîner,
la malheureuse !.... »

Un roulement de tambour annonça que
Louis xiv allait donner ses ordres pour la
petite guerre; Jacques, pensif et la figure

altérée (il avait eu de si grandes émotions
pendant cette revue !), se replaça à ses côtés ;
le duc de Berwick se mit à la tête des Irlandais et des Ecossais, pour se préparer au
défilé devant les princes.

On riait beaucoup autour de Louis xiv.

« Canillac, disait le roi de France, a perdu
la tramontane, je n'ai pas compris un mot
de tout ce qu'il m'a dit. »

Canillac, en effet, colonel du régiment
de Rouergue, était venu prendre les ordres du roi pour les manœuvres ; et l'aspect éblouissant de Louis xiv et de sa
cour l'avait tellement interdit qu'il avait
complétement perdu la parole.

Ce fut un beau spectacle que ces armées

livrant un simulacre de bataille; ces gentilshommes à cheval faisant manœuvrer des
masses d'infanterie et de cavalerie; ils portèrent l'honneur militaire à ce point, qu'aucun
des deux corps qui simulaient la bataille ne
voulut faire la retraite; il fallut l'ordre précis
du roi pour forcer Cointy, lieutenant-gé-
néral, à céder le champ; ce qui fit dire à
Louis XIV :

« Cointy n'aime pas à faire le rôle de battu. »
Et le brave officier en pensa mourir de joie.

Mme de Maintenon avait quitté le camp
de Compiègne quelques momens avant la
fin du combat : le roi appela lui-même
les porteurs de Madame, qui-ennuyée, fatiguée, avait été plus maussade ce jour-là
que de coutume. Louis XIV vint dîner, accompagné du roi Jacques, chez M. de

Boufflers. Le maréchal se ruinait en pâtés
de gibiers, volailles glacées, et dévorait
ses vastes fiefs dans vingt-cinq tables con-
tinuellement servies. Jacques II fut reçu
sous la tente ; il but beaucoup de vin de
Champagne, car il avait entièrement fini
à Saint-Germain le panier que l'archevê-
que de Reims lui avait envoyé. Monseigneur se faisait prier pour en donner une
provision nouvelle, parce que le bon vin
était rare, et qu'on en buvait beaucoup à
sa table archiépiscopale.

Et tout ce beau camp de Compiègne se
fondit, sans qu'il fût question le moins du
monde de la restauration des Stuarts et de
nouvelles tentatives pour leur rendre la
couronne. Le brave capitaine Ogilvie, bri-
sant son épée de dépit à la tête de ses Ecossais, s'écriait :

« Dire qu'on a vu une si belle armée,
et que S. M. Jacques ii, roi d'Angleterre,
d'Écosse et d'Irlande, est encore dans l'exil! »

Le Vendredi-Saint.

———

Toutes les institutions périssent; la royauté
s'en va; le monde politique s'agite dans des
convulsions de mort; au milieu de ce désordre moral, un fait immense survit encore,
c'est la puissance du catholicisme, puissance

de mystères, de pompes, de famille, d'arts et de saintes mémoires. Vains spectacles du monde, qu'êtes-vous à côté des pieuses cérémonies de l'Église, de cet encens qui fume devant l'autel où brille la croix, de ces psaumes de pénitence, de cet orgue qui accompagne les beaux chants grégoriens, de ce *de profundis* de la mort, de ces antiennes de réjouissance, sainte expression de toute la vie de l'homme! Je ne suis jamais entré dans une vieille église, avec sa vierge, ses saints, ses vitraux qui reflètent en mille couleurs l'enfance de Jésus, sa fuite en Egypte ou son sublime sacrifice, sans que mon imagination m'ait reproduit l'immense mouvement qu'imprima au monde la prédication chrétienne. Toute une civilisation est dans cette croix de bois qui marque sur la terre le triomphe de l'égalité des races et de la liberté politique.

Et ces cérémonies de la semaine sainte, qui ont fait tant réfléchir mon enfance ; cette journée de Pâques fleuries, dont parlent tant nos vieux chroniqueurs ; ces rameaux parsemés ; ce Jeudi-Saint avec ses autels de fleurs et ses croix voilées de crêpes ; ces ténèbres qui reproduisent le chaos ! Malheureux pyrrhoniens que nous sommes, quelle émotion nous reste-t-il ? nous creusons, nous doutons pour trouver au fond de tout le vide et le néant.

Devant un de ces autels de deuil, le roi Jacques priait avec ferveur : « Je te rends grâce, ô mon Dieu, s'écriait-il, de ce que tu m'as ôté mes trois royaumes ; tu m'as ainsi réveillé de la léthargie du péché : si ta bonté ne m'avait pas tiré de cet état de misère, j'étais à jamais perdú ; je te rends aussi mes très-humbles actions de grâce de ce que par ton infinie miséricorde tu m'as exilé dans un pays étranger où j'ai appris mon devoir et le moyen de le pratiquer. »

Et le chœur de l'église répétait avec le son rauque du serpent l'hymne antique :

Vexilla regis prodeunt.

Derrière le roi se prosternaient la multitude des prêtres irlandais, malheureux exilés qui venaient, comme leur roi, chercher un refuge aux pieds des autels. Et Jacques II continuait sa fervente prière; et le chœur commença les lamentations de Jérémie, expression poignante d'une vie de misères et de déception; l'église était tendue de noir relevé par des lames d'argent qu'éclairaient çà et là quelques cierges jaunes, lesquels peuplaient les sombres nefs de fantômes et d'ombres

vagues et vacillantes. Le roi Jacques s'unis-
sant aux chants solennels, récitait à pleine
voix ce verset : « Rappelez-vous, Seigneur,
ce qui nous est arrivé ; considérez et voyez
notre opprobre ! notre héritage est passé
aux étrangers, et notre maison à ceux qui
ne nous sont rien. »

Alors on entendit tout à coup un cri de
douleur ; Jacques était tombé sur le sol froid
de l'église, au pied de la croix voilée, tout
à côté d'une tombe relevée par quelques
débris d'armoiries, vanité mondaine sur la
poussière et la mort ; le roi restait sans con-
naissance, et la paralysie avait atteint un de
ses membres ; les gémissemens de sa famille
vinrent se mêler aux chants de deuil, et
l'on entendait les pleurs d'une femme et
d'un fils se mêler aux hymmes du Christ
sur la croix.

Cependant le roi revenait à lui; sa première parole fut une expression de joie d'être appelé à Dieu le Vendredi-Saint! Il répondait aux sanglots de la reine par des paroles de résignation et de piété!

« Sire, que deviendrons-nous si vous n'y êtes plus?

— Madame, Dieu prendra soin de vous et de nos enfans. Que suis-je? un homme faible et misérable, incapable de rien faire sans lui, tandis qu'il n'a pas besoin de moi pour accomplir ses desseins.

— Sire, disait-on de toute part, vous n'êtes point menacé encore; vos jours sont précieux; n'affligez pas la reine et vos enfans.

— Et ne faut-il pas les préparer? ne dois-

je pas mourir le premier, aujourd'hui, demain peut-être? Je puis regarder maintenant la mort en face. »

Et on déshabillait Jacques de ses premiers
vêtemens, et les prêtres furent puissam-
ment édifiés lorsqu'ils virent sur sa chair
un dur cilice, une discipline aiguë. Ils s'é-
crièrent : « Il sera saint aux yeux de Dieu,
et le Seigneur permettra des miracles sur
sa tombe. »

Triste caractère des rois dévots! ils oublient leur famille, le peuple et souvent
l'humanité, sûrs de tout racheter par quelques coups de discipline et la pensée du
salut.

Dernière Scène.

———

La cloche de l'église de Saint-Germain
sonnait le triste glas des agonisans ; il régnait une grande agitation dans ce vieux
palais, sur le front vénérable de ces confi-
dens du malheur qui avaient suivi la royauté

exilée. On consultait des yeux les person-
nages plus élevés en naissance qui péné-
traient jusque dans la chambre retirée où
sur un lit de douleur gissait Jacques II ago-
nisant; depuis huit jours, des spasmes conti-
nuels se succédaient, et le roi d'Angleterre
voyait venir la mort.

Au chevet de son lit était la reine éplorée;
elle aimait le roi de la vieille habitude
d'une longue vie commune; elle tenait le
prince de Galles sur ses genoux; le duc de
Berwick était debout un peu plus loin; puis
se groupaient les lords Melfort et Midletton, le chancelier et quelques officiers
du palais qui venaient rendre les derniers
hommages à la royauté légitime en face du
tombeau.

Pour finir ce tableau de dévouement par

une ombre, le P. Péters, agenouillé, de-
mandait à Jacques sa confession générale à haute voix; il insistait particulièrement sur le mérite aux yeux de Notre
Seigneur Jésus-Christ d'une renonciation
à la couronne terrestre pour la couronne
du ciel.

« Et Dieu me pardonnera-t-il les fai-
blesses de mon jeune âge?

— Oui, Sire, tous vos désordres seront
pardonnés par ce grand sacrifice.

— Et l'enfer ne s'ouvrira point devant
moi?

— L'enfer ne peut s'ouvrir devant vous,
car vous aurez donné un trône pour votre
foi. »

Et tous les assistans récitèrent à haute voix la prière des agonisans.

« Mon Dieu ! recevez-moi, disait le roi Jacques, dépouillé de cette couronne terrestre. »

Et le père Péters répondait : « *Amen*, digne successeur de saint Édouard. »

Puis le roi, se relevant un peu sur son oreiller, appela d'une voix faible : « Midletton, Midletton. » Et le lord s'avança tristement :

« Sire, que voulez-vous de moi ?

— Midletton, mon ami, vous voyez quelle puissance donne en face de la mort le catholicisme ?

— Sire, Votre Majesté a toujours montré dans les batailles qu'elle ne la craignait pas.

— Ce n'est pas cela, Midletton ; c'est la foi qui m'inspire cette force, et vous ne l'avez pas, mon ami; voulez-vous me donner un dernier témoignage de votre dévouement, Milord ? »

Et Midletton, les yeux baignés de pleurs, baisait la main du roi, jaune et maigrie.

Midletton, rentrez au sein de l'Eglise romaine ; renoncez à l'hérésie imposée à l'Angleterre par Henri VIII. » Et malgré sa faiblesse, le roi commença à disserter sur la grandeur de la foi et sur l'origine de l'hérésie.

Midletton l'écoutait d'une manière grave,

puis s'attendrissait lorsque le roi invoquait sa vieille amitié.

« Ne refusez pas, Milord, la dernière prière d'un mourant....., de votre roi! votre parole, Middleton, que vous rentrerez dans le sein de l'Église romaine.

— Vous le voulez, Sire.....; vous l'exigez de mon dévouement; eh bien, je suis catholique.

— Douce victoire! s'écria Jacques; maintenant je puis mourir tranquille. »

Au milieu de ces scènes d'agonie, on entendit un bruit dans la cour; à l'agitation de tous les Anglais, on s'aperçut qu'il se passait quelque chose d'extraordinaire; peu d'instans après, les deux portes de l'appartement s'ouvrirent, et l'on annonça Louis xiv. Le roi de France avait cette haute dignité qu'il savait prendre lorsqu'il s'agissait des grandes affaires de la vie; il était accompagné de Monseigneur et du duc de Bourgogne; en pénétrant dans cette lugubre assemblée, Louis xiv se découvrit et s'approcha du lit où se mourait le roi Jacques.

« J'ai appris, Sire, votre état; j'ai partagé vos douleurs; je viens vous dire que si Dieu dans sa sainte volonté vous enlève de ce monde, mon intention est que M. le prince de Galles soit reconnu et salué comme roi d'Angleterre. »

Et le roi Jacques, qui ne pouvait parler, remercia Louis xiv de ses yeux mourans.

« Le roi de France reconnaît le prince de

Galles, murmura à voix basse le P. Péters,
ma mission est manquée! que puis-je écrire
à Guillaume? »

Tous les Anglais et Écossais remercièrent
le roi de France, en se prosternant devant lui.

« Monsieur, dit Louis xiv au dauphin, em-
brassez l'héritier de la couronne d'Angleterre »; et Monseigneur s'approcha et pressa
dans ses bras le prince de Galles. Il le pouvait dignement, car le dauphin s'était prononcé dans le conseil pour la reconnaissance
de Jacques iii. Tous les ministres avaient
parlé contre, lorsque Monseigneur s'écria :
« C'en est fait des rois, si le prince de Galles
n'est pas reconnu »; et Louis xiv avait dit :
« Je suis de l'avis de Monseigneur. »

Cependant le râle de la mort se faisait en-

tendre; le P. Péters ne quittait pas le lit
du malade, tâtait son pouls, mettait sa taba-
tière sur ses lèvres, image de ces mauvais
anges que les livres catholiques placent
au chevet du mourant pour saisir l'âme
qui se détache de la vie corporelle.

« Le moment suprême approche »,
dit-il; et quelques minutes après il ajouta
d'un ton solennel : « Milords, le roi n'est
plus. »

Toute l'assistance fondait en larmes; le
duc de Berwick, calme, résigné pensait à
cette triste destinée qui vous prend un
homme ou une race, et vous l'accable de
douleurs et de catastrophes jusqu'au tombeau; la reine désolée était soutenue par
Monseigneur. Le roi de France s'était ap-
proché du lit de Jacques II, et de ses

mains lui fermait les paupières; car la
vieille famille des Bourbons ne craint pas
ces spectacles de deuil, ces frissons de la
dernière scène de la vie.

« Le roi d'Angleterre est mort, Messieurs,
s'écria Louis XIV avec émotion; voilà votre
nouveau monarque », et il présentait aux
assistans le prince de Galles.

God save the king, répondirent les Anglais, un genoux en terre et levant les
mains. Le capitaine Ogilvie s'approcha du
prince de Galles, et lui dit : «En Ecosse,
Sire; que votre Majesté paraisse, et le tyran
tremblera dans Hyde-Park. »

Et un jeune homme à la blonde chevelure, qui s'était caché parmi la foule, s'a-
genouilla tout à coup devant un portrait

qu'il tenait suspendu sur sa poitrine, couvert d'un crêpe :

« O mon père, noble Monmouth, ton ombre est vengée ! Angleterre, tu triomphes ; Jacques est mort dans l'exil ! »

On entourait le jeune homme, tandis qu'au coin d'une table le P. Péters écrivait :

« Sire, Jacques n'est plus, et je me hâte
« de vous en donner la première nouvelle ;
« mais le prince de Galles est reconnu mal-
« gré nos efforts. »

Ai-je besoin de dire à qui cette lettre était adressée ?

Le duc de Berwick, après ces spectacles de

la mort, résolut de se retirer quelques jours
à la Trappe, demeure chérie du roi son
père; il y arriva vers la fin d'octobre, au
moment où les arbres dépouillés présa-
gent une nature funèbre. Le pieux abbé de
l'austère désert vint l'accueillir, et lorsque
le duc de Berwick franchit le seuil des
cellules, l'église était tendue de noir, et
les armoiries d'une grande maison d'Angleterre relevaient ces lugubres tentures
qui entourent les cercueils.

« Vous avez éprouvé les grandes passions
de la vie, dit l'abbé de Rancé au duc de
Berwick; nous rendons les derniers devoirs
à une femme qui les a subies puissantes et
terribles! Vous la connaissez, duc de Berwick! elle nous avait caché son sexe, et ce
n'est qu'au moment suprême qu'elle nous a
dit son nom.

— Et quel est encore ce nom ? reprit le duc de Berwick en poussant un profond soupir.

— Arabella Russell est là sous ce froid sépulcre », et l'abbé releva le linceul qui cachait ces traits décomposés.

« Arabella !.... »

Le duc de Berwick n'en put dire davantage.

« Rassurez-vous, duc de Berwick, elle est morte catholique et dans le sein de Dieu ; elle avait commis de grandes fautes, mais le Seigneur est miséricordieux !

— Que me reste-t-il au monde ? s'écria le duc de Berwick.

— Une grande cause à venger ! reprit
l'abbé de la Trappe.

— Je vous comprends : en appeler à Dieu
et à mon épée !.... »

Cette épée fut puissante pour la France ;
mais elle oublia l'Écosse et l'Angleterre.
Les annales du pays disent assez ce que fit
le maréchal duc de Berwick, et serait-il
permis d'ajouter quelque chose à la grande
parole de Montesquieu !

Quelqu'un n'en avait pas appelé à Dieu
et à son épée, et se trouva convenablement
placé entre tous ces événemens ; j'entends
parler de M. Lloyd. Quelques temps attaché
à la cour de France, il passa en Angleterre
sous la grande amnistie de la reine Anne, et
devint l'un des conseillers influens de la prin-

cesse : caractère de transaction, il sauva sa tête et sa fortune. Aussi, si vous avez jamais un fils, je vous conseille de le faire *homme politique !*

La famille des Stuarts s'est éteinte dans
l'exil. Le dernier fils de la grande race écossaise est mort sous la pourpre romaine, pen-
sionné de quatre mille livres sterling par
Georges III. L'histoire a dit quel concours
de fautes et d'événemens empêcha la se-

conde restauration. Les partis et les dynasties se perdent comme à plaisir. Si les torys
et les jacobites purs s'étaient entendus, et
ne s'étaient pas laissés emporter par des ré-
pugnances et des récriminations; s'ils n'a-
vaient pas fouillé le passé pour se jeter des
reproches à la tête; si tous s'étaient soumis au serment, avaient marché haut et
ferme à la conquête et à l'exercice des droits
politiques, alors majorité dans le pays, ils
auraient imposé à la minorité le roi de leur
affection et le principe de leur foi hérédi-
taire.

Les jacobites oublièrent la grande loi du
succès; divisés au temps des prospérités, ils
se morcelèrent en poussière dans le malheur; ils s'épurèrent pour le combat comme
s'il s'était agi de partager les dépouilles après
la victoire; et puis les entêtemens de Jac-

ques II; son espèce de vocation céleste; de
vaines théories sur la prérogative, et cet esprit ergoteur qui s'agrandit dans l'exil et em-
prunta à l'infortune je ne sais quoi de plus
tenace; ce refus d'abdication en faveur du
prince de Galles, concession qui replaçait sur
une tête légitime cette couronne qu'on ne
pouvait plus disputer les armes à la main à
Guillaume d'Orange; toutes ces causes con-
damnèrent la dynastie des Stuarts à dormir
loin de ce trône sur lequel une autre race
s'était assise. Et pourtant elle ne disparut pas
sans éclat; il y a dans les familles de rois qui
s'éteignent un dernier reflet de gloire, et
Charles-Édouard se chargea du grand legs
de sa dynastie.

Après la mort du roi Jacques II, le prince
de Galles, reconnu et salué par Louis XIV,
prit le nom de Jacques III; il fit ses pre-

mières armes en Flandre sous le duc de
Bourgogne et à l'école de Villars. On le
nommait alors le chevalier de Saint-Georges.

Guillaume venait de mourir, et Anne, qui
avait tant fait de promesses à Jacques ii, saisit
la couronne sans remords. Un parlement,
dominé par les whigs, passa l'acte de succes-
sion dans la ligne protestante, et Louis xiv
fut obligé de le reconnaître par le traité
d'Utrecht; le chevalier de Saint-Georges,
exilé de France, cacha sa tête mise à prix;
car dans cette lutte des races royales, on en
est encore au droit public des barbares, on
se proscrit froidement; on tue ses prisonniers. La rébellion de l'Écosse en 1715
montra la nullité du chevalier de Saint-
Georges. Il ne parut un moment parmi les
highlanders, que pour fuir devant les
Écossais de lord Argyle; le comte de Mar,

qui avait relevé la bannière des Stuarts,
n'avait rien des grandes ombres de Montross et de Dundee. Accueilli à Rome,
asile de toutes les grandeurs frappées de
la foudre, Jacques III commença cette
série d'aventures romanesques qui abou-
tirent à son mariage avec Clémentine So-
bieska, la petite-fille de Sobieski, exilée
comme le prince, et qui tourmenta par sa
vie chevaleresque les paisibles habitudes du
prétendant.

C'est de l'union de ces deux grandes
races que naquit Charles-Édouard*. Son édu-
cation fut confiée d'abord au chevalier
Ramsay, et celui-ci, écarté par une intri-
gue de cour, eut pour remplaçant lord Mur-

---

* Consultez, pour les détails, la savante et curieuse histoire de Charles-Édouard, par M. Amédée Pichot.

ray. A l'âge de dix-sept ans, Charles-Édouard parlait correctement l'anglais, l'italien et le français, lorsque, voyageant sous le titre de comte d'Albany, il jeta les yeux pour la première fois sur cette mer dont les flots immenses lui rappelaient les triomphes britanniques. L'émotion qu'il en éprouva fut indicible, et toutes les impressions de son voyage s'effacèrent devant les nobles souvenirs de l'Angleterre et de l'Ecosse. En 1745, après avoir vainement supplié les secours de Mme de Pompadour, Charles-Edouard seul débarqua parmi les montagnards, et planta son étendard royal dans la terre des Macdonald. Le voilà, le jeune prince, d'abord froidement accueilli, puis réunissant autour de lui les braves klans, couchant sur la dure, enveloppé dans le plaid des montagnes, brandissant sa bonne claymore pour guider les vaillans highlan-

ders, qui au son de leurs cornemuses, mar-
chent sur les canons du général Cope, s'en
emparent et menacent Londres.

Toute cette campagne de Charles-Edouard
tient du merveilleux. C'est une épopée
digne de cette première époque des peuples
où tout est encore sous une forme gros-
sière mais grandiose; on se croit aux héros
d'Homère. A Culloden, la fortune se pro-
nonce encore contre les Stuarts. Les Hano-
vriens du duc de Cumberland mettent en
fuite les montagnards, comme les Hollandais de Guillaume III dispersèrent les Ecossais de Montross. Les étrangers maintinrent
en Angleterre une dynastie étrangère.

Charles-Edouard ne trouva plus cet enthousiasme chevaleresque qui avait secondé
les tentatives de restauration sous Charles II.

Sauf les klans des montagnes, tout resta froid autour de lui, et le peuple, sans se prononcer pour l'un ou pour l'autre parti, attendit la victoire. La doctrine des intérêts avait marché; l'Angleterre, commerçante et industrielle, n'avait plus de ces dévoue-mens de race, qui aux temps de chevalerie soulevaient des populations entières; quelques hardis compagnons se présentaient encore dans la lice, mais les masses demeuraient en dehors. Cette situation des esprits dans nos époques modernes ne doit point échapper à tous ceux qui rêvent de grandes entreprises politiques; il n'y a plus de noms assez magiques, d'affections assez profondes pour remuer ce poids immense d'intérêts matériels qui se groupent autour d'un fait protecteur et accompli contre un droit légitime et aventuré; tout vient échouer contre cette paix bourgeoise qui laisse à chacun la paisible jouissance de ce qu'il possède. La place publique et le champ de bataille sont l'épouvantail de cette génération d'ordre et de poltronerie sociale.

Charles-Edouard finit sa vie en s'oubliant lui-même dans les excès de l'ivresse; jeune et vaillant cavalier, il prit son siècle à mépris, quand il se vit abandonné et proscrit la couronne en tête. A quel point d'abjection était tombé le cabinet de Versailles, lorsque Louis xv signa l'ordre d'arrêter l'héritier légitime du trône d'Angleterre et de l'enchaîner avec des cordons de soie, pour le transporter à la Bastille! La royauté commençait alors à s'en aller; les trônes sont solidaires en révolution : une couronne ne peut être ébranlée sans que toutes en ressentent le contre-coup, et l'époque de la mort de Charles-Edouard ne précède que d'une an-

née la prise de cette Bastille où un prince
avait été enfermé pour le crime de *légitimité*.

La révolution d'Angleterre s'est conso-
lidée parce qu'elle fut un grand fait d'ordre,
de propriété et de religion. Les fautes des
jacobites, le caractère de Jacques ii, et par-
dessus tout l'habile et froide conduite de
Guillaume iii, le plus puissant caractère de
ce siècle, servirent à consacrer une usurpation qui ne venait point de la place publique, mais de la terre, du sol qui ne remue
pas. Je prie qu'on ne fasse aucune compa-
raison absolue avec ce qui nous entoure;
ni les choses, ni les hommes ne peuvent se
rapprocher. Personne n'aura l'orgueil de se
comparer à Guillaume iii; et le malheureux
Charles x ne fut ni le compagnon de Turenne et de Condé, ni le prince instruit des

lois et de l'histoire politique de son pays.
Il y a quelque chose qui se ressemble plus
profondément, ce sont les partis, parce
que les passions sont toujours les mêmes, et
qu'elles entraînent toujours vers les mêmes
fautes et les mêmes abîmes. Jacobites, que
fîtes-vous après la révolution de 1688? royalistes, qu'avez-vous fait, et que faites-vous
encore aujourd'hui?

TABLE DES MATIÈRES

CONTENUES

DANS LE TOME DEUXIÈME.

——

AVERTISSEMENT ET ERRATA.

—

J'étais absent, et dans mon voyage d'Espagne, lorsque les premières épreuves de cet essai ont été corrigées, il s'y est glissé quelques irrégularités dans l'orthographe des noms anglais, qu'il faut ainsi rectifier : *Lloyd* ne prend pas d'apostrophe ; *George* doit être écrit sans *s* ; lisez *Middleton* au lieu de *Midletton* ; *Knightly* au lieu de *Knigthly* ; *Harisson* pour *Harrison*. On a écrit deux ou trois fois *Ladys* pour *Ladies* au pluriel ; *Cromwel* pour *Cromwell* ; lisez *Wood-Stock* pour *Wodstoock* ; *Blake-House* pour *Blakhouse*.

On a imprimé plusieurs fois *Wittehall* pour *White-Hall* (palais ou salle blanche); *Wigh* pour *Whig* ; *Highland* pour *Highlanders* ; *Montmouth* pour *Monmouth* ; *Milord* pour *Lord* ; *Magdonald* pour *Macdonald*.

Page 243, lisez *Peerage* pour *Perrage*.